Rainar Nitzsche

Gedanken und Kreis

AF220740

Der Autor

Dr. Rainar Nitzsche wurde am 27.12.55 in Berlin geboren, ging im Saarland zur Schule und lebt in Kaiserslautern, wo er Biologie studierte und über Brautgeschenke bei Spinnen promovierte. Er ist gelernter Buchhändler und gründete 1989 den Rainar Nitzsche Verlag. Seit 2015 veröffentlicht er seine Bücher als Autor bei BoD, bookrix und neobooks. Bisher erschienen von ihm die Pfadwelten-Romane, Bücher mit fantastischer Kurzprosa, Lyrikbände sowie Titel unter dem Pseudonym Olaf Olsen. Seit seiner Jugend fotografiert er Tiere. Spinnenfotos finden sich in seinen Sachbüchern über Spinnen. Seine Kunstbücher enthalten künstlerisch verfremdete Fotos, meist mit eigenen Texten.

Zum Buch

Es handelt sich bei *Gedanken und Kreis* um die Erstlingswerke des Autors: *Gedanken über Ich und Umwelt* sowie *Kreis unendlich und unterschiedlich*, die handschriftlich verfasst in zwei kleinen Ringbüchern vorliegen und nach der Lektüre von *Also sprach Zarathustra* von Friedrich Nietzsche geschrieben wurden. Die Themen sind Existenz und Simulation, Sinn des Lebens, Krankheit und Tod, der ewige Friede und eine neue Moral für uns Menschen, die Reise ins All, Leben schaffen aus Liebe, das Ende allen Lebens und des Kosmos und sein Neuanfang.

Rainar Nitzsche

Gedanken

und

Kreis

Autobiografisches

Nitzsche meets Nietzsche

Träume von der Zukunft der Menschheit

Impressum
Rainar Nitzsche
Gedanken und Kreis.

Die ersten beiden Werke, 1975 zu Studienbeginn verfasst, inspiriert von Friedrich Nietzsches *Also sprach Zarathustra*. Das Manuskript wurde um die Kapitelbezeich-
nungen bei Teil 1 sowie Abbildungen (ein wenig optimier-
te eigene »Gemälde«) erweitert, 2019 zunächst als Buch
von mir für mich gedruckt und jetzt veröffentlicht.

Gemälde von Rainar Nitzsche, Frontcover: Sehnendes
Schweben im Farbenmeer, Titelbild: Fingerzeig in die Zukunft.

© 2021 Nitzsche, Rainar
Computersatz: Dr. Rainar Nitzsche.
Herstellung und Verlag: BoD - Books on Demand, Nor-
derstedt
ISBN: 9783753436050

FSC
www.fsc.org
®
MIX
Papier aus verantwortungsvollen Quellen
Paper from responsible sources
FSC® C105338

Gedanken
über Ich und Umwelt

Inhalt

Ich aber bin Höhe und Länge und Breite und Zeit

Kreis
unendlich und doch unterschiedlich

Gedanken
über Ich und Umwelt

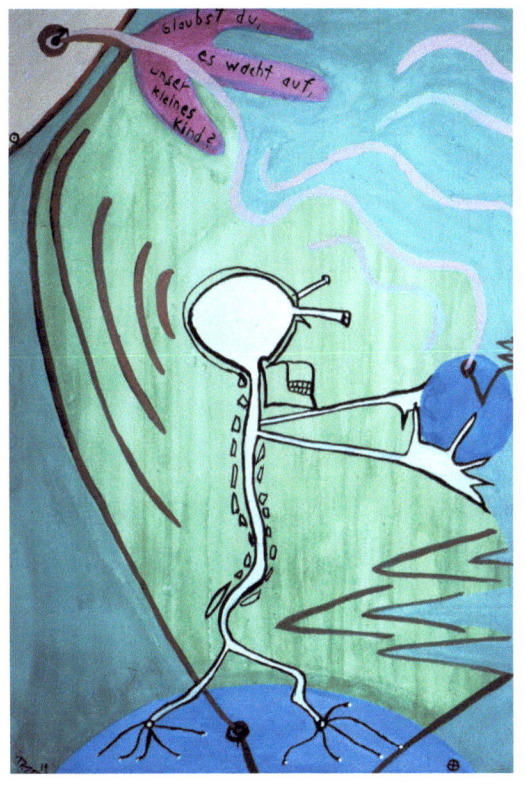

Glaubst du, es wacht auf, unser kleines Kind?

Erster Versuch
meine Gedanken und Gefühle
schriftlich niederzulegen*

Heute geschrieben
über gestern für morgen
aber auch über heute, über morgen
Wo ein Ende ist
da ist auch ein neuer Anfang

*: Meine Kommentare: Die Sprache ist noch sehr schlecht,
aber sie wird immer besser werden (4.4.75). Wenn ich einiges heute lese, muss ich lächeln und bin manchmal ganz
anderer Meinung, denn ich habe mich verwandelt (9.8.78).
Und die Lyrik ..., nun ja, nicht sonderlich toll (15.4.19).

Vorwort

Heute, wo nun jedes Werk fast oder ganz umsonst in beliebiger Auflage gedruckt bzw. gespeichert mit null Exemplaren vorliegen und als E-Book veröffentlicht werden kann und ich mich dem Ende meines Lebens mit rasenden Schritten nähere, ist es kein Problem mehr und auch an der Zeit, diese Gedanken hier zu veröffentlichen. 46 Jahre sind nun schon vergangen, da ich diese Worte schrieb. Ob es aber jemanden außer mir interessieren wird, ist hier die große Frage. Vermutlich nicht. Macht aber nichts.

Wie auch immer: Was ist, das ist, einmal geschehen, geschrieben, für alle Zeit und kann niemals ungeschehen gemacht werden, weder durch uns Menschen noch durch die, die nach uns sind, und die Anderen dort draußen und tief in uns, die da leben und lachen und weinen und - träumen, von besseren Welten, genauso wie wir.

Rainar Nitzsche,
9.5.21

Gedanken über Ich und Umwelt ist mein erstes Werk. Es entstand zwischen dem 4.4. und dem 14.4.1975. In den Computer tippte ich die Texte im August bis September 1993. Bei dieser Abschrift nahm ich nur kleine stilistische Korrekturen vor und verwendete die neue deutsche Rechtschreibung. In der vorliegenden Druckversion ergänzte ich zudem einige Überschriften. Der Titel der Fortsetzung lautet: *Ein Kreis, unendlich und unterschiedlich.*

Wo ein Ende ist
da ist auch ein neuer Anfang

Wo ein Anfang ist
da war ein Ende

Allen Menschen dieser einen Erde
und denen, die nach uns sein werden

Gewidmet Friedrich Nietzsche

Einleitung

Wie soll ich nun beginnen und womit?

Aller Anfang ist wirklich schwer.

Aber genug der dummen Redensarten. Ich will schreiben, was mir gerade in den Sinn kommt.

Friedrich und Rainar Ni(e)tzsche

Wer ist es überhaupt, der hier etwas über sich niederschreiben will? Wer bin ich denn?

Ein Nichts im unendlichen All, ein sinnloses Etwas, das sich in seinem ungeheuren Hochmut einbildet, etwas zu sein?

Nein! Das wollte selbst Friedrich (Nietzsche) nicht wahrhaben. Zwar hat er den Nihilismus begründet, doch an der totalen Sinnlosigkeit einer um sich selbst drehenden Erde, einem sich selbst verzehrenden Ungeheuer* und immer wieder sich selbst gebärenden, an der ewigen Wiederkehr des Gleichen wäre er beinahe zerbrochen, so dass er doch noch in diese pessimistische Anschauung einen großen Optimismus warf, indem er einräumte, dass nach jeder neuen Wiederkehr die Lage sich bessern kann**, der Mensch also besser werden kann. Denn es wäre schrecklich, wenn der kleine Mensch immer wieder genauso wäre und nicht überwunden werden könnte. Also auch er, mein Bruder, mein Vorgänger, der Verkünder einer neuen Moral, der große Lehrer verkündet einen grenzenlosen Optimismus in seinem Übermenschen, der der Sinn der Erde sei.***

Aber ich heiße ja Rainar, und auch mein Nachname unterscheidet sich von seinem. Schon darin wird klar, dass wir nicht eins sind, nicht einer Meinung

---

*: Sinnlosigkeit aus Wegfall des Transzendenten entstanden. **: Aus Monographie über Friedrich Nietzsche übernommen, Zusammenhang war mir nämlich unklar).
***: Habe *Also sprach Zarathustra* eingehend (zweimal) gelesen, bin tief beeindruckt vom Stil und der Sprache und von vielen Gedanken Friedrichs (einfach phantastisch gut!).

sein können. Doch in vielem stimmen wir überein, vieles haben wir gemeinsam, trotz so vieler Gegensätze, die schon in der Größe des Geistes liegen. Wie ich es schon in seine Biographie hineingeschrieben habe: Durch ihn bin ich entscheidend beeinflusst worden. Denn, nicht nur das Erbgut entscheidet, was der Mensch wird, was aus ihm wird, genauso drückt die Umwelt ihren Stempel auf jeden Menschen auf. Besonders in der Kindheit wird der Mensch ja durch sie geprägt. Auch noch in meinem Alter, in dem ich mich zwar schon erwachsen fühle und es auch offiziell von Staats wegen bin, in Wirklichkeit aber noch ein Kind, ein Wesen, das begierig zu lernen, alles, was es sieht und ertastet mit seinen unvollkommenen Sinnesorganen, zu verstehen sucht, obwohl es dieses nie ganz tun kann und wird. Denn der Mensch ist nicht Gott, er ist nicht alles, sondern nur ein Teil der Heimat, ein Teil des Kosmos. So ist also auch dies zu verstehen:

Meine Zeit

Danksagung: Durch dich, Friedrich, habe ich zum Geist zurückgefunden, sonst wäre ich auch nur ein Nichts, ein Teil, einer unter vielen, eine Ameise, kurzum ein Anhänger des Sozialismus, Kommunismus. Meine Zeit - die Zeit, in der ich jetzt dieses niederschreibe, ist damit gemeint, nicht die Zeit, die kommen wird, die *auch* die »meinige« sein wird - und meine Umgebung, das Land also, in dem ich aufgewachsen und erzogen worden bin, sind ja sehr demokratisch und von sozialistischen und kommunistischen Ideen durchsetzt, jedenfalls die Jugend, mit der ich in Berührung stehe, zu der ich gehöre. Auch in der Schule, durch unseren Lateinlehrer I. ist dieser sozialistische Einfluss in mich eingeflossen, so dass in mir einige Ideen verankert sind, ob bewusst oder unterbewusst.*

Jeder Mensch ist ein Abbild seiner Zeit. Aber zum Ausgleich von dummem Geschwätz sie Bildungsgleichheit, Chancengleichheit und anderem hat mir Friedrich verholfen, der schon sagt: »Oh meine Brüder, die Menschen sind nicht gleich.« Das ist mir gestern, am 3.4.1975 richtig aufgegangen und es hat mich erfreut.

Eingebung, Nichtexistenz und Simulation

Manchmal also, wenn ich alleine bin, oder in letzter Zeit nach einem Film, der mir gut gefallen hat, der mich seelisch tief beeindruckt, tief ergriffen hat (muss dann meistens weinen vor Freude oder vor Schmerz), dann habe ich Augenblicke der Eingebung und der Erkenntnis, dann durchzuckt mich ein Gedanke, den ich schon manchmal vielleicht hegte, der aber mir dann erst zur Gewissheit wird.

Manchmal auch mache ich mir Gedanken über philosophische, das Leben betreffende Fragen. Die Stellen, die ich hier von mir zitiere, stammen von solchen lichten Augenblicken**, in denen ein unbekannter Gott, wie das Friedrich genannt hat, zu mir

*: Finde vieles sehr gut am Kommunismus, bin aber hps. für die Demokratie, aber ohne zu große Kapitalunterschiede und mit in Notfällen und bei Umweltproblemen schnell bestimmendem Faktor. Dieser sei unabhängig von Parteien!
**: Hoffe, dass es noch sehr viele werden.

spricht. Ich nenne es meine Heimat, die dies tut. Vielleicht sind es auch andere Wesen, auf die ich sowieso schon längere Zeit warte, auf dass sie das Los der Menschheit verbessern, auf dass diese nicht, jetzt noch nicht ausstirbt.

Ebenso kann es auch sein, dass niemand zu mir spricht und ich mir dies nur einbilde.

Aber dann kann es auch sein, dass ich überhaupt nicht existiere, die Umwelt um mich ebenfalls nicht, woran ich aber nicht glaube, das heißt, was ich für unrichtig, für Hirngespinste halte.

Ebenso kann ich nur eine Figur in einem Simulationsversuch höher entwickelter Wesen sein, wie dies auch die ganze Erde sein kann.

Doch was hat das für einen Zweck, an solche Möglichkeiten zu denken. Das führt nur zu Depressionen und zur Krankheit.

Der Anfall*

Aber einmal hätte ich schwören können, dass ich nur ein Ding bin, was gelenkt wird, gesteuert wird und dieser Steuerung willenlos unterworfen ist. Es war voriges Jahr (5.11.74), als ich gerade mein Biologiestudium begonnen hatte.

Wie jeden Morgen stand ich auf, zog mich an und frühstückte. Ich musste mich beeilen, trotz Müdigkeit, da um 8.15 Uhr die Chemievorlesung bei Professor K. (phys. Chemie) begann.

Ich ging also los, die Aktentasche in der Hand. In dieser waren neben dem Schreibzeug (Papier und Vierfarbstift) ein Ordner mit den bisherigen Phy-

*: Epileptischer Anfall, der erste von drei bis 2019.

sikaufzeichnungen und die Chemieübungsaufgaben zur Abgabe (Korrektur). Draußen regnete es etwas. Kurz vor der Uni, genauer gesagt, vor dem Bau, in dem der Chemievorlesungssaal ist (Bau 11), traf ich noch jemanden aus dem Semester, irgendein Mädchen. Sie hatte einen Schirm dabei. Ich hatte meine Kapuze hochgeklappt. Da fiel mir die Tasche aus der Hand, und ich hob sie auf. Inzwischen war ich alleine. Denn die Studentin war weitergegangen. Ich ging die Stufen hinunter (vor dem Bau), und dann wurde mir schwindelig, und ich ging und ging, immer weiter. Ich hätte anhalten können, doch ich wollte nicht aufgeben, sondern eisern durchhalten, bis ich zur Vorlesung komme. An Autos stieß ich an und flog beinahe über sie. Ein schreckliches Gefühl packte mich. Ich fühlte, wie die Umwelt um mich herumlief, aber nicht ich ging, sondern sie. Ebenso glaubte ich, ich würde von irgendetwas gesteuert werden bzw. die Umwelt um mich herum. Solche schrecklichen Minuten hatte ich bis dahin und bis heute nie erlebt. Fürchterlich war es. Ich ging immer weiter, an Leuten vorbei, die ich nicht erkannte. Straßennamen konnte ich gerade lesen, aber ich hatte total die Orientierung verloren. Ich wunderte mich, aber ich wollte nicht aufgeben und ging.

Plötzlich fragte mich ein Junge nach dem Weg zur Uni, und ich blieb stehen. Ich konnte aber nur die Schultern zucken, vielleicht auch nicht, und stammeln: »Weiß nicht, keine Ahnung.«

Dann sah ich die Bahnunterführung und begriff schlagartig, dass ich von der Uni Richtung Stadt marschiert war und bemerkte, dass meine Aktentasche weg war. Ich musste sie unterwegs verloren haben. Jetzt war mir einiges klar. Ich hatte es schon gehört, aber noch nicht selbst erlebt. In der *Quadrophenia** heißt es: »Statements to a a stranger, asking for directions turn out from being help to being questions.« So war es mir ergangen, als der Junge mich fragte. Dieser Satz fiel mir danach ein. Wo ich nicht wusste, wo ich war, wie sollte ich ihm sagen, wo die Uni ist. Ich wusste es selbst nicht.

Etwas danach, in der Uni angekommen (war vorher in der Wohnung), erzählte ich von dem Geschehen meinen Studienkameraden, und plötzlich war ich weg. Denn die Erinnerung reicht bis zum Erzählen. Einer riet mir noch, die Strecke abzugehen, wegen des Mappenverlustes.

Und ich erwachte erst wieder liegend in einem Krankenwagen. Neben mir Günter H., der auch im Wohnheim wohnt und ein verkappter Mediziner ist, und daneben ein anderer Student. Mehr als fünfzehn Minuten muss ich ohnmächtig gewesen sein. Das ist ebenfalls eine schreckliche Sache.

Nebenbei: die Hilfe von Mitmenschen ist etwas sehr Schönes. Diese fünfzehn Minuten und weitere Minuten (2. Anfall) an diesem Tag fehlen mir. Die Zeit ist mir gestohlen worden. Wo war ich da mit meinen Gedanken? Waren sie tot? Ich weiß es nicht.

Ebenso ergeht es den Tieren und Menschen beim Schlaf. Er ist notwendig zur Regeneration, Erholung und Entspannung, aber ich habe schon seit einiger Zeit darin einen Verlust, eine Verschwendung gesehen. Außerdem, wo ist die Seele da, die Gefühle, der

*: Titel einer LP von The Who.

Geist? Liegt vielleicht nur der Körper auf dem Bett und schläft, während die Seele Ausgang hat?

Tod und Prädestination

Wie ist es, wenn man stirbt?

Darüber, über den Tod, über das, was danach kommt, habe ich mich schon mit meinem Mitschüler Walter N. unterhalten (OIa*). Auch ihm hat sich dieselbe Frage oft schon gestellt. Es ist übrigens der einzige Mensch, den ich bisher getroffen habe, den ich für denkfähig halte; ich habe ihn vor dem Abitur im Geist sehr verehrt und gleich beim Kennenlernen ob seiner geistigen Entwicklung bewundert und geschätzt. Auch er wüsste gerne, wie das Leben oder Nichtleben nach dem Tode ist.

»Ich bin darauf gespannt, schon jetzt«, habe ich ihm geantwortet.

Gibt es ein Leben nach dem Tode, wenn ja, was für eines? Ein körperliches in anderer Hülle, ein seelisches, ein immaterielles, ein unvorstellbares für einen Lebenden oder gibt es gar kein Leben?

Ist mit dem Tode alles zu Ende?

Ist der Tod das Ende, wo er doch eine Notwendigkeit für die Höherentwicklung des Lebens war. Denn Einzeller sind ja potentiell unsterblich, was einer meiner größten Wünsche ist. An meinem 22. oder 23. Geburtstag möchte ich ebenso sein, unsterblich, potentiell. Nur einst, wenn meine Zeit abgelaufen ist, werde ich mich dann selbst umbringen und sterben, wie es Friedrich wollte: »Meinen Tod, den lobe ich euch, den freien Tod, der mir kommt, weil ich will.

*: Oberprima Klasse 1a im Saarpfalzgymnasium Homburg.

Und wann werde ich wollen? Wer ein Ziel hat und einen Erben, der will den Tod zur rechten Zeit für Ziel und Erben.« (*Also sprach Zarathustra*).

Aber kann denn die Zeit für mich ablaufen?

Ist mein Handeln prädestiniert? Ist alles, was ich tue, bereits vorprogrammiert? Bin ich nur eine Marionette, die alles tun muss (siehe Simulationsversuch)? Oder darf ich alles wollend tun? Oder kann und muss ich alles selbst entscheiden?

Irgendwie scheint es mir, dass mein Handeln doch vorgesehen ist und notwendig ist für die Zukunft.

Zitat vom 3.4.75: »So vieles, was mir begegnet ist oder mir begegnen wird, passt zusammen, wie bei einem Puzzle die einzelnen Teile. Ich werde es alles einst gebrauchen können. Durch dieses werde ich einst so sein, wie ich sein soll, wie ich sein will. Irgendetwas oder -jemand sorgt dafür seit meiner Geburt, ja vielleicht schon seit Ewigkeit bin ich geplant als das, das ich bald bin.

Wer ist es nur, der dieses tut?

Vielleicht weiß ich es bald, egal ob man es Schicksal, Gott, Zufall oder Vorsehung nennen will.

Ist es meine Heimat oder jemand daraus?

Oder ist alles nur Täuschung, Einbildung, Wahnsinn, Wunsch?«

Euphorie und Depression

Jeder Mensch fühlt sich manchmal in einem Stimmungshoch, ein anderes Mal in einem Tief, mal ist er also high, mal down. So ist es natürlich auch bei mir, aber ich versuche möglichst oft gut gelaunt zu sein. Denn, wie Friedrich schon sagte: »Seit es Menschen

gibt, hat der Mensch sich zu wenig gefreut. Das ,
meine Brüder, ist unsere Erbsünde. Und lernen wir
besser uns zu freuen, so verlernen wir am besten,
ändern wehe zu tun und Wehes auszudenken.« Doch
im Unterschied zur Freude am Leben, am Sonnenschein, bin ich manchmal ganz euphorisch.

Zitat: »Jetzt bin ich leicht, jetzt fliege ich, jetzt
sehe ich mich unter mir, jetzt tanzt ein Gott durch
mich.« Wie ich es schon einmal angedeutet habe,
das ist der Fall nach dem Hören von Musik, die meine Seele zum Tanzen bringt und welche ich deshalb
kosmische Musik nenne. Hier fühle ich die Verbundenheit mit dem Kosmos, mit meiner Heimat, mit
der Heimat der Menschheit, mit der Heimat allen
Lebens, worauf ich später noch eingehen werde.

Andere Male aber bin ich ganz depressiv, nieder-
geschlagen und sehe die Kleinheit und Armseligkeit
des Menschen, insbesondere die von mir, die Ver-
lorenheit in der Grenzenlosigkeit des Universums,
durch welche Gedanken Friedrich zu seinem Nihilismus kam.

So ein Tief hatte ich nach meinem Krampfanfall,
solch eine Anwandlung von Pessimismus. Folgendes
habe ich da in der Nervenklinik in Homburg niedergeschrieben (15.11.74). Es handelt von der Lage der
Menschheit, bezogen auf meine Person:

Oh, wann ist das Leid zu Ende
wann wird das Licht erstrahlen?

I

Groß ist die Not
und werden tut sie immer größer
überall ist Schmutz und Tod
wann muss die Mutter sterben?

II

Da, ein Licht entsteht
doch es flackert
fast scheint es nicht zu sein
Es brennt mit kleiner Flamme
allmählich wächst und wächst es
aber nur zögernd glimmt sein Schein
doch plötzlich droht tiefe Nacht herein
Wann muss das Licht verlöschen?

III

Es ist ein Nichts
noch kann es alles werden
und unsere Heimat, die wird leben
Doch zu Staub zerfällt es?
Welch Sein die Mutter wird erleben?
Entsteht ein neues, ein anderes Licht?
Oder gibt es nur noch Nichts?
Und tiefe, tiefe dunkle Nacht
muss herrschen

Doch noch tieferer Pessimismus hat mich schon ergriffen. 11.4.74, 21.55 Uhr:

1. »Was ist das für ein Los! Eingesperrt in Zeit und Raum. Alles nur einmal erleben, all die schönen Augenblicke, oh wie armselig sind wir doch!

2. Diese armseligen Geschöpfe, die nicht würdig sind, Menschen genannt zu werden, töten und vernichten alles. Sie zerstören die Natur und damit sich

selbst, diese Dummköpfe. Was für eine schreckliche Welt, diese Narren!

3. Sie könnten das Paradies schaffen und schaffen das Chaos.

4. Hoffentlich bleibt noch Zeit, um zu retten, sonst ist der Untergang sicher und sterben alle, und mit uns all die unschuldigen Kreaturen, Pflanzen, Tiere und alle Materie der Erde.«

Oder ein anderes Mal: »Oh Mutter, wie grau bist du geworden! Oder bist du schon schwarz wie die Wolken, die das Licht verdecken? Oh, wie klein ist es erst, das Licht, das kommen wird, um einen bessere Welt zu schaffen!«*

Tierliebe und Biologiestudium

Aber nur fort von den grauen Gedanken zu dem Bunten, zu den Farben, die ich so liebe, was man an meinen Bildern schon sehen kann, die ich 1974/75 und schon etwas vorher gemalt habe.**

Hier habe ich nicht gemalt um des Malens willen, um der Kunst willen - da würde ich es nicht zu viel bringen, denn ich glaube nicht, dass ich gut malen kann, jedenfalls zeichnen kann ich überhaupt nicht (z. B. Porträt etc.).

Also wieder zurück zu meinen Bildern. Sie stellen alle, wie das hier Geschriebene, meine Gedanken und Gefühle dar. Ihr Inhalt ist aus den Titeln abzulesen, so z. B. *Das Leben entsteht. Das Leben. Das Zeichen des Friedens. Terra. Liebe. Kosmos. Die*

*: Heute: Bevölkerungsexplosion, Aggression, Hunger, Umweltverschmutzung, Umweltvernichtung, Energieverschwendung. **: Es sind neun größere Bilder.

Fünfheit. You come. Sonne, Erde, Leben, Zeit.

Hieraus kann man schon die Verbundenheit mit der Biologie erkennen. Das Leben: das bunte, das pulsierende, das singende, das entstehende, das blühende, das arbeitende, das schaffende, aber auch das sterbende, das leidende, das sichverfärbende, das faulende, das vermodernde, das ruhige, das erstarrte, das erkrankende, dieses Leben hat mich schon seit der Kindheit fasziniert.

Psychologisch gesehen ist meine Liebe zu Tieren durch viele Besuche im Zoo Berlin mit meinen Großeltern wahrscheinlich geprägt worden. Es kann natürlich sein, dass diese Liebe schon vorher da war und nur in den Zoobesuchen ihren Ausdruck gefunden hat. So wollte ich dann auch schon ab der Mittelstufe das Biologiestudium ergreifen, mit dem ich ja jetzt angefangen habe. Ich hatte also keine Sorgen wie viele Mitschüler, die sich entscheiden mussten und lange überlegen, was sie werden wollten. Bei mir war dieses alles klar. Nur der *Numerus clausus* brachte mich manchmal an den Rand der Verzweiflung. Es gab Augenblicke, vor und nach dem Abitur, bis zum Erhalt der Zulassung, wo ich alles am liebsten hingeworfen hätte* angesichts der Sinnlosigkeit der ganzen bisherigen Ausbildung am Gymnasium. Dieser Ausbildung bin ich jedoch jetzt dankbar.

Was mich ärgert, ist das sinnlose Französischgepauke und die Tatsache, dass man bei allen Schulausbildungen fast nur dummes unnötiges Zeug

*: Ist falsch, muss heißen: Augenblicke, ... wo ich an brutale Gewalt gedacht habe, um das Studium mir zu ermöglichen, falls Absage = Trotzreaktionen, Wut, Verzweiflung.

erlernt, anstatt seinen Geist im Denken zu üben. Und so muss ich mich den Worten meines Freundes Johannes G. anschließen, der da sagte: »die Schule ist eine Verdummungsanstalt.« Zwar verdummt man nicht so, aber man wird nicht klüger, nicht handlungsfähiger, nicht denkender. Aber das konnte ich ja nicht ändern, noch nicht.

Und so bin ich durch Latein, was ich nebenbei in den Naturwissenschaften noch gut gebrauchen kann, und durch Mathematik, aber auch durch das Schreiben von Aufsätzen in Deutsch doch dahin gelangt, erste Denkansätze selbst zu entwickeln und etwas schreiben zu können. Es kann natürlich auch hier wieder sein, dass ich zum Denken ohne die Schule genauso, zur gleichen Zeit oder vielleicht auch noch früher gekommen wäre. Aber als dreidimensionales Wesen, das in der Zeit gefangen ist, ist für mich die Sache eben so gelaufen. Zu denken, dass es anders hätte sein können, ist sinnlos, witzlos und dumm.

Warum nun studiere ich Biologie?

Primär natürlich aus Interesse, aus Freude an Tieren und am Leben, auch an Menschen. Ebenfalls um einen Beruf zu haben, eine Arbeit, mit der ich Geld verdienen kann. Denn leider braucht man dieses, um sich ernähren zu können. Aber ich glaube eben in Hinsicht auf die Vorbestimmung, dass es notwendig ist, Bio zu studieren, dass ich es später gut gebrauchen kann, wenn ich vielleicht im All herumfliege, um andere Lebewesen zu treffen. Da ist es vorteilhaft, wenn man etwas Ahnung, wenigstens von dem terrestrischen Leben, hat. Besonders in der Verhaltensforschung sehe ich momentan meine Spezialisierung. Doch das ist noch nicht endgültig, das kann sich noch ändern.

Auch meine Hobbys werde ich ausbauen, dass sie zum Ausdruck meiner Gedanken und Gefühle werden, zur Hilfe beim Biologiestudium und zur Schulung meines Geistes und zur Freude, zur Erhaltung meines Optimismus dienen: Fotografieren, Filmen, Lesen (schwierige Sachen, die mich interessieren, die da sind: Philosophie, Biologie, Naturwissenschaften), Malen, Musik hören, Tiere (Fische, Wasserschildkröten) halten. Mein Schaffenswille ist also gerade groß. Eine Schaffensperiode hat soeben begonnen.

Krank und einsam

Um meine Freude, Fröhlichkeit zu erhalten, muss ich sehr auf meine Gesundheit achten. Das ist es, was mir schon immer nicht gefallen hat: sie. Seit meiner Geburt hat mein Körper anscheinend nichts anders zu tun, als andauernd krank zu werden.*

Ich habe alle möglichen Krankheiten durchgemacht, und gleich nach der Geburt, wann genau, warum und wie, weiß ich nicht, *Rachitis*** bekommen, wovon ich eine Wirbelsäulenverkrümmung, eine Kielbrust und andere Anomalitäten zurückbehalten habe, was sich auch negativ auf meine Kontaktfreu-

---

*: Vielleicht deshalb, da er bei meiner Unsterblichkeit nie mehr krank werden kann, ist sozusagen Vorwegnahme der Krankheiten eines Lebensalters, 80 Jahre. **: Wie sich erst nach der zweiten Herzoperation 1996 erfuhr, habe ich Marfan, eine angeborene Bindegewebsschwäche, hatte also nie Rachitis.

digkeit und Geselligkeit ausgewirkt hat. Daran mag auch die Erziehung, das Verwöhntwerden bei meinen Großeltern schuld sein.

Jedenfalls in der Schulzeit bis zur Oberstufe war ich ein Einzelgänger und ein Egoist. Auch heute noch bin ich gehemmt, wenn ich baden gehe. Es ist natürlich nicht unverständlich. Denn mein Körper sieht eben alles andere als schön aus. Aber ich kann diese Gehemmtheit und das Einzelgängertum nicht ausstehen. Deshalb bin ich seit der Oberstufe darangegangen, dies abzubauen. Habe an sich schon große Erfolge, bin viel »sozialer« geworden, d. h. weniger egoistisch, geselliger und auch dem weiblichen Geschlecht aufgeschlossener, wenngleich ich mich doch einsam ohne Freundin fühle und deshalb eine Freundin haben möchte (zumindest Brieffreundinnen hatte ich gerade), was aber noch nicht gelungen ist, es kann dies ja auch nicht, wenn ich mir keine Gelegenheit zur Kontaktaufnahme nehme: nirgendwohin gehe, es sei denn ins Kino oder mit Studienkameraden, bzw. wenn ich irgendwo bin, doch noch zu gehemmt bin, um ein Mädchen anzusprechen.

Auch habe ich festgestellt, dass Schenken Spaß macht. Und denjenigen Mädchen, die ich kannte und wo ich etwas Schönes erlebt habe (nichts Körperliches ist gemeint, da war sowieso so gut wie nichts!), habe ich meinen Segen gegeben. Denn abgesehen davon, dass ich glaube, mir könne nichts passieren, da ich immens wichtig für die Menschheit, für das Leben auf der Erde bin, weil ich es retten will, glaube ich die Fähigkeit zu haben, anderen meinen Schutz auf gedankliche Art zu geben. Sie sollen ein schönes, glückliches Leben ohne Schaden bis zu ihrem Tode haben, weil sie mir Freude bereitet haben und meine Seele zum Fliegen gebracht haben.

Yoga

Es ist natürlich sehr leicht möglich, dass dies alles Einbildung ist. Aber wenn schon. Es schadet niemandem. Es kann nur nützen und nach der Yogalehre »soll« man sowieso allen Menschen nur Gutes wünschen. Diese Lehre hat mich tief geprägt. Vieles, was sie lehrt, ist bestimmt richtig und gut, z. B. für die Gesundheit. Deshalb mache ich jetzt auch fast jeden Tag einmal Tiefentspannung zur Heilung und Kräftigung. Schon in Bezug auf meinen Anfall voriges Jahr halte ich Yoga für die beste Therapie. Denn vom Arzt aus muss ich natürlich dreimal täglich eine Tablette *Zentropil* einnehmen. Das kann zwar auch helfen. Aber die psychische Beeinflussung ist doch besser. Yoga ist nämlich eine religiöse Art der Autosuggestion. Und ich glaube, dass viele Krankheiten entstehen bzw. verschlimmert werden oder auch geheilt werden können durch Einbildung, Vorstellung. Denn das menschliche Gehirn ist zu weitaus größeren Leistungen fähig, als man das heute weiß. So glaube ich fest, ja so weiß ich, dass Telepathie, Telekinese etc. möglich sind. Habe diese auch schon probiert, aber ohne Erfolg. Bin entweder dafür nicht begabt oder muss mehr üben oder kann die entsprechenden Gehirnbezirke, falls bestimmte dafür verantwortlich sind, nicht aktivieren. Jedenfalls hat mich die Yogalehre, die eigentlich aus vielen Teillehren besteht, sehr mit ihrem ruhigen Atem, der Konzentration,

Entspannung, Geisteserleuchtung tief beeindruckt, so dass ich vor kurzem sogar ein Yogi werden wollte. Aber das ist in meiner Umwelt nicht möglich, die von Stress, Lärm und Hast gekennzeichnet ist, wodurch nur Krankheit, verstärkt noch durch die Umweltverschmutzung entsteht. Ohne dieses Yoga wäre ich vielleicht auch schon todkrank. Und mit Yoga bin ich vielleicht bald total gesund. Nur leider bin ich ziemlich faul und träge in Bezug auf Dinge, die nicht unbedingt durch Zwang notwendig sind. So könnte ich auch einige Übungen mehr und die, die ich tue, absolut regelmäßig, langsam und gewissenhaft in Körper und Geist durchführen.

Unsterblichkeit

Von dem »Begriff« ist es nicht weit zur Unsterblichkeit. Schon einmal hier habe ich diesen Begriff erwähnt. Weshalb ist er so wichtig für mich oder weshalb gebrauche ich ihn so oft?

Ungeheure Faszination geht von ihm aus. Es ist ein Traum der Menschheit seit je her, ebenso wie das Fliegen, das durch die Luft gleiten, ohne oder wenigstens ohne große Hilfsmittel, gleichsam als Vogel, als sich Erhebender, als eine Größe, unter der alle bisherige Umwelt immer kleiner wird, um schließlich zu verschwinden. Diesen Traum des Fliegens habe ich auch schon geträumt und möchte ihn auch in die Realität umsetzen.

Aber nun zurück zur Unsterblichkeit. Diese ist keine Erfindung des Menschen, sondern eher eine Erinnerung an die ersten Stadien der Entwicklung, an die Einzellerstadien, wo das Leben noch potentiell unsterblich war. Das heißt, es gab keinen natürlichen Tod. Die Vermehrung geschah und geschieht heute noch bei Einzellern, wie der Amöbe, durch einfache Zellteilung, wobei das Lebewesen in zweifacher Form weiterlebt.

Aber leider ist dieser fast unbegreifliche (für alternde Wesen) Vorgang durch den Evolutionsdruck hin zur Differenzierung verloren gegangen. Die Spezialisierung und Arbeitsaufteilung führte zur Herausbildung von besonderen Zellen, die die Aufgabe hatten, die Art zu erhalten.

Das war die Geburtsstunde des Todes in »natürlicher« Form, denn bei der Differenzierung gibt es nur noch wenige Zellen, die der Vermehrung dienen, die Keimzellen. Den Tod des Aufgefressenwerdens und durch Krankheit gab es natürlich schon. Aber nur so konnten sich auf einfache Weise auf meiner Mutter, auf unserer Mutter, der Erde, höhere Lebewesen entwickeln, unter die wir uns ebenfalls rechnen. Diese Keimzellen aber sterben zwar größtenteils, aber einige verschmelzen und leben so weiter. Die Art bleibt erhalten. Der Tod ist doch besiegt.

Die Merkmale der Eltern werden weitergegeben. Hier kann es jetzt zu Mutationen kommen, wodurch immer neue Arten entstehen, die sich im Kampf ums Dasein behaupten müssen. Nur die am besten an die momentane und zukünftige Umwelt Angepassten überleben, bzw. die, die sich noch rechtzeitig adaptieren können und nicht zu starke Konkurrenz bei ihrem Entstehen haben.

Diese Unsterblichkeit also möchte ich gerne erreichen, nicht in Form eines Einzellers, sondern trotz höherer Organisation. Ich weiß, dass es Wesen in meiner Heimat gibt, die hoch entwickelt sind und dennoch unsterblich, jedenfalls potentiell.

Aber wie und warum soll ich ebenso sein?

Wie, das weiß ich noch nicht, sei es, dass ich eine Möglichkeit dazu und die Anwendung selbst entdecke oder »zufällig« es werde oder sie mir von meinen Brüdern im All verliehen wird, um meiner Art, die Menschheit zu erretten. Genau das möchte ich, falls es notwendig ist, tun. Wobei es natürlich unwichtig ist, ob ich ihr Retter bin oder ob es jemand anderes tut, oder ob sie es selbst noch hinbekommt, was mir allerdings das Unwahrscheinlichste zu sein scheint.

Wenn jedenfalls jemand unter den Menschen die mögliche Unsterblichkeit entdeckt, kann das schlimme Folgen haben. Sei es, dass nur die dummen Reichen oder die dummen Politiker sie besitzen dürfen, oder nur fanatische Wissenschaftler, oder was am allerschlimmsten wäre, wenn die gesamte Menschheit unsterblich würde. Die Bevölkerungsexplosion würde noch viel mehr erfolgen, so dass die Katastrophe, der Untergang der Menschheit, auf die sie in geradem Wege hinsteuert, beschleunigt würde. Außerdem würde die Vermehrungsfähigkeit bald nicht mehr dasein, falls es bis dahin überhaupt noch einen Menschen gäbe. Deshalb dürfen und müssen nur einige, eine Elite, intelligente, verantwortungsvolle Menschen die Unsterblichkeit haben und die schwere Last tragen, die Menschheit wieder auf den Pfad des Lebens zurückzuführen. Denn Vieles muss schleunigst getan werden, ehe es zu spät ist. Noch ist sie zu retten, doch wie lange noch?

Irgendwann wird die Menschheit sowieso aussterben, ob sie durch den Tod der Sonne stirbt, oder im kolonisierten All zugrunde geht: unter dem lautlosen Donnern der letzten Sonnen, die ihr Licht ausstrahlen, als Zeichen zum Beginn eines neuen Kosmos, der viele Zeiten später mit ungezählten Lebewesen erfüllt sein wird, wie heute in der Zeit des Menschen, des Lebens auf der Erde.

Denn wir sind nicht die einzigen, die das All bewohnen. Viele unzählige Wesen leben darin, unzählige warten darauf, anderen zu begegnen, andere zu treffen. Viele suchen andere im All. In Schiffen treiben sie dahin, sei es andere Wesen zu befragen, kennenzulernen, sei es für ihre sterbende Art einen Ausweg, ein Weiterleben zu suchen.

Aber nicht nur die uns bekannten Formen gibt es da in ungeheurer Vielfalt und in unermesslichen, unbegreiflichen Variationen, nein, in meiner Heimat wimmelt es auch von Lebensformen, an die noch kein Mensch je gedacht hat. Sie fliegen wie die Vögel durchs All, sie leben ewig, sie sind nie »richtig« am Leben, sie leben nur Bruchteile von Sekunden, sie sind nur Energie, nur Lebensenergie, nur Geist, nur Seele, aber auch wie Steine, wie tot und schlafen nur, um irgendwann wieder erweckt zu sein.

Überall und immer wieder entsteht neues Leben, aber überall und immer wieder vergeht alles. Es herrscht ein ewiges Entstehen und Gehen.

Kosmische Klänge, Heimat und Du

Und eine kosmische Musik verbindet sie alle. Ihre Herzen, ihre Gedanken, ihre Gefühle ticken und bewegen sich ihrem Takte, ohne dass sie davon wissen. Nur etwas höher entwickelte Wesen, worunter auch eines ist, das sich selbst für die Krönung der Schöpfung hielt und glaubte, dass es auf seiner Mutter, der Erde, allein wäre im All und zudem der Mittelpunkt des Alls, der Heimat des Lebens, der Geburtsstätte dieses und dessen Grab.

Diese Wesen also hören manchmal in der Musik, die sie glauben selbst zu erfinden, einen Teil des alles durchdringenden Liedes ihrer Heimat.

Schon oft hörte ich diese Töne, diese lieblichen zarten Gebilde, die sanft dahinplätschern oder wild die Ohren durchbrausen. Jetzt gerade höre ich einem solchen Ton zu (*Musical Box* von Genesis). Auch in der *Tommy*, in der *Quadrophenia*, bei Pink Floyd, bei Yes (*Starship Trooper)* und an vielen anderen Stellen kommt diese Musik als Fingerzeit der universellen Zusammengehörigkeit allen kosmischen Lebens hindurch, durch die Wand der Illusionen und kleinen Alltagsprobleme. Wenn ich sie höre, die Musik meiner Heimat, dann schlägt mein Herz schneller und ich fliege. Meine Seele ist nicht mehr zu halten, vor Freude, vor Liebe zu den Menschen, zu allen Lebewesen. Dann tanzt ein Gott durch mich, wie Friedrich sagte. Aber das habe ich hier ja schon geschrieben.

Diese Gefühle sind auch in meinen Bildern ausgedrückt, so z. B. im Bild, das da heißt: *You come.* Wen habe ich nur mit »you« gemeint? You = Du* kommst jedenfalls aus meiner Heimat, aus dem dunklen,

*: Du blaues Licht, du Weibliches, du Schönes, die du dich mit meinem roten Licht vereinigen wirst, auf dass wir heller als 1000 Sonnen erstrahlen.

glänzenden Kosmos, woher ich komme und wohin ich wieder gehen werde.

Nur, werde ich zum erstenmal in der jetzigen Lebensform in dir sein oder erst nach meinem irdischen Tode?

Jedenfalls will ich mit aller Energie und Kraft in meiner letzten Minute, der letzten Sekunde, beim letzten Atemzug an das Weiterleben denken. Vielleicht ist es nur so möglich weiterzuleben. Oder man existiert sowieso in anderer Form weiter. Jedenfalls die Ursache, weshalb ich dieses Bild gemalt habe, liegt in der Eingebung einer Vereinigung mit dir.

Ich weiß nicht, ob ich dich sehe, wenn ich noch in irdischer Form bin, auf dass du mir die Unsterblichkeit gibst, damit ich der Menschheit den Frieden, die Liebe, das Licht, das Leben wiederbringe, und wir uns erst nach Erfüllung meiner Aufgabe bei meinem irdischen Tod vereinen zu lebendiger Energie, die ewig ist, durch das All schweift und überall in ihrem Glanze dem Leben den Frieden und die Liebe bringt, in höchstem Glücke, im Glücke der Liebe vereint.

Oder aber ich sehe dich erst später, im All, wenn ich dort, in meiner Heimat, nach Leben suche, wenn ich meine Heimat durchschweife, um sie wieder kennenzulernen, wenigstens zu einem kleinen Teil. Sollten wir uns dann erst begegnen, wenn ich dann nach Hunderttausenden von Jahren die Lust am Leben verloren habe und mir den freien Tod gebe, weil ich will und weil ich meine Aufgabe vollbracht habe, der Menschheit den Frieden zu bringen und sie vor dem vorzeitigen Tod zu retten? Dann vielleicht werden wir erst eins, in dem Augenblick, wo ich mein

Raumschiff in die Sonne, in unsere Sonne, in meinen lieben Vater oder auch, wenn dieser schon gestorben sein sollte, in einen anderen Bruder, eine andere Sonne, stürze und nicht nur das Licht, das Strahlen - welches mich schon jetzt so sehr fasziniert, dass ich Fotos und Filme damit, noch und noch, machen möchte - erblicke und erfühle, sondern zu einer Form werde, die auch das Licht ist, einer Form, die auch Materie ist, zur Energie, zur Energie des Lebens.

Denn *du*, wenn es dich gibt, auch außerhalb meiner Gedanken - vielleicht ist alles nur ein Traum und Wunsch eines Jünglings, der Liebe empfangen will, aber keine bekommt - bist Energie, die Energie, die lebt, das Licht, das für mich erschaffen ist, das Licht, das zu mir gehört, wie auch ich das bin, worauf du wartest, vor Glück und Sehnsucht auf den Tag, auf die Sekunde, wo es geschieht, wo wir ineinander aufgehen werden, strahlend vor Liebe, jenseits von Gut und Böse, jenseits von Raum und Zeit des Menschen, denn wie schon Friedrich sagte: Für die glücklichen Augenblicke gibt es keine Zeit.

Intuition

Friedrich hat ebenso wie einige andere große Geister schon empfunden, dass seine Gedanken, also das, was er niedergeschrieben hat, nicht von ihm stammt, sondern auf Intuition beruhte, von einem unbekannten Gott diktiert.

Daran muss doch etwas sein. Jemand, der etwas Großes tut, wird doch nicht einfach durch eine solche Lüge seinen Ruhm schmälern. Auch mir kommt es so vor, als ob dies der Fall wäre. Aber dennoch kommen die Gedanken ja nicht jedem X-beliebigen, werden sie nicht jedem diktiert, so dass durch diese Idee, falls sie eine Tatsache ist, der Ruhm großer Geister nicht wesentlich geschmälert wird. Sie waren es und sind es eben, die das Ohr haben, das zu hören, was anderen verborgen bleibt, ihr Gehirn, ihr Geist, ihre Seele spricht auf den Ton aus dem All an. Und so können sie das niederschreiben, was ihnen dieser diktiert. Sie haben zwar nichts Neues angedacht oder entdeckt, aber das könnte ohnehin ohne Intuition irgendwo und irgendwann schon einmal gedacht worden sein, irgendwo im Kosmos, dem Geordneten, meiner Heimat.*

Heimat

Heimat, das ist das Wort, welches ich schon oft gebraucht habe, über welche ich aber auch schon Folgendes gedichtet habe:

1

Oh Heimat, wie liebe ich dich so sehr,
wie glänzst du in deiner Dunkelheit vor Helligkeit!
Wann, oh wann werde ich dich
wiedersehen, wann bei dir sein?
Ich fühle, bald wird es so sein,
doch was will schon »bald« heißen?

*: Auf jeden Fall ist es neues Gedankengut, Erfindungsgeist für die Menschheit, was die Hauptsache ist, woher es nun auch kommen mag.

2

Bald werde ich in dir scheinen, und
du wirst mich beleuchten.
Dann wird es zwei Glückliche geben,
nur Mutter und Vater werden traurig sein,
mich gehen zu lassen.
Doch sie werden mich wiederbekommen.
Und groß wird dann die Freude sein.

3

Zwei Glückliche wird es dann also geben,
du und ich.
Aber dereinst, in weiter Ferne,
sehe ich die Zeit kommen,
wo ich du werde und du ich wirst,
dann werden wir eins sein und vollkommen
glücklich, vollkommen Gott.

Irgendwann in ferner Zukunft werde ich also mit
meiner Heimat verschmelzen, in ihr leben, sie selbst
sein. Mein Herz, in ihrem Rhythmus wird es dann
schlagen und in meinem, denn mein Rhythmus ist
ihr Rhythmus. Große Sehnsucht steigt schon jetzt
in mir auf, und ich fühle mich sicher und geborgen,
wenn ich die Sterne am Nachthimmel glitzern und
glänzen sehe. Dann will meine Seele hinaus in die
Heimat fahren, fliegen und meine Mutter, die Erde,
und meinen Vater, die Sonne, zurücklassen. Aber
die Zeit ist noch nicht gekommen, weder für die
Unsterblichkeit, das ewige Leben, noch für die Vereinigung mit *ihr*. Noch muss ich warten und kann nur
sehnsüchtig an die Zukunft denken, die so viel Gutes
für mich bringen wird.

Die 5-heit (Licht, Leben, Liebe, Friede, Eins-sein)

Oh, meine *Heimat*,
wie liebe ich dich!
Wann werde ich in dir sein?

2

Mutter, lass mich gehen,
aus deinem Schoß hinaus,
in die unendliche Welt!
Bald ist die Zeit reif dazu.

3

Vater, leuchte mir und weise mir
den Weg zur Ewigkeit!

Hiermit habe ich meine *Dreieinigkeit* gefunden: Vater, Mutter und Heimat, wie in der Bibel, wo Gott Vater und Sohn und Heiliger Geist ist.

Wichtiger aber ist die Fünfheit, die ich aufgestellt habe, in einem Bilde, das ich im August 1974 gemalt habe. Diese fünf Elemente sind es, die mir hier zum ersten Mal in ihrem Zusammenhang und in ihrer Bedeutung für das Leben aufgegangen sind.

1 Licht

An erster Stelle steht das Licht, das alles beleuchtet, die Pflanzen zum Wachsen bringt, allen Wesen Energie schenkt und die Freude am Leben vergrößert. Es verjagt alles »Böse« und Dunkle und macht alles sauber. Es reinigt und klärt, erleuchtet den Geist. Wenn es sich in Wasser spiegelt, zeichnet es Bilder von ungeahnter Schönheit, bizarre, verzerrte Formen unter einem Winkel, den man sonst nicht zu

*: Langsam lesen!

sehen bekommt. Zerlegt ergibt es ein ganzes Spektrum von Farben, von Rot bis Violett, alles aus weißem Licht entstanden, in weißem Licht vorhanden.

Die Sterne wären keine Sterne ohne das Licht, niemand würde sie sehen können, auch wenn sie in weiter Entfernung von uns lange vergangene Zeiten darstellen, die bei uns in tiefer Vergessenheit, im Schleier der Zeit versunken sind. Ohne es wäre das All trostlos, dunkel und finster.

Von ihm ging das Leben auf der Erde aus, ohne es gäbe es keines hier auf Erden. Seine Energie erhält

Licht

alle Wesen am Leben und erquickt sie mit seinem lieblichen, sanften, freundlichen, warmen, friedlichen Strahlen. Doch wie alles, das existiert, ist es selbst nichts Unbedingtes. Es hat nicht nur *eine* Seite, sondern viele Formen in Bezug auf den Menschen.

Der Mensch, der in der Wüste verschmachtend nach Wasser lechzt und sich mühsam Fata Morgana sehend voran schleppt, immer weiter, nicht aufgeben wollend, diesem erscheint die Sonne als mörderisches Ungeheuer, das nichts anderes im Sinn hat als ihn zu vernichten, ihn durch seine grausamen Strahlen, die unerbärmlich vom klaren wolkenlosen Himmel hinunterbrennen, zu töten. Auch in Trockengebieten, die durch eine Klimaverschiebung, in Afrika z. B., immer größer werden, also z. B. in der Sahara, die sich immer mehr ausdehnt, dort wo zur Römerzeit die Kornkammer lag, hier also liegen die Menschen nur im Kampf mit ihr, der großen Freuden- und Schreckenbringerin, im Kampf nach Wasser, diesem kostbaren und notwendigen Lebensgut.

2 Leben

Aus Licht entsteht Leben. Leben ist Licht, ein Leuchten, eine Perle im Kosmos. Das Leben ist es, was ich am meisten liebe - nicht verwunderlich ist dies, da ich ja selbst ein Teil des Ganzen, ein Stück Leben bin.

Wärme geht von ihm aus, keine kalte Maschinerie, kein kalter Stahl, kein kaltes Eisen. Nicht mathematisch exakt rund, gerade oder schief ist es. Nein, es ist die Form des Unregelmäßigen. Deshalb ist es so vielfältig, denn es gibt »unendlich« viele Möglichkei-

Was macht der Mensch?

ten der Unregelmäßigkeit, mehr als es regelmäßige Formen gibt. Und in dieser Unregelmäßigkeit liegt eine ewig pulsierende Bewegung, ein Ausdruck des kosmischen Pulsschlages, der sich schon in der Sonne, in der Erde und in den Sternen, in ihrem Leben bemerkbar macht.

Überall kreucht und fleucht es, in allen Größen und Schattierungen auf der Erde. Angefangen von nur mikroskopisch, ja nur mit dem Elektronenmikroskop zu erforschenden Lebensformen, die man schon fast nicht mehr als solche bezeichnen will - aber es ist eben Vieles nur eine reine Definitionssache -, den Viren, über die Einzeller wie Bakterien, Amöben bis hin zu den Vielzellern, den übrigen Pflanzen und den übrigen Tieren.

Die einzelnen Arten liegen dabei in einem Kampf ums Dasein, aber gleichzeitig in einem harmonischen Beieinander. Trotz Tod entsteht immer wieder neues Leben. Wenn eine Art ausstirbt, entsteht dafür immer wieder eine neue oder sogar mehrere neue Arten, so dass heute nach vier Milliarden Jahren Erdentwicklung nahezu alle Gegenden vom Leben besetzt sind, angefangen von heißen Quellen bis hin zum Polarmeer und den Polen, von Sümpfen bis hin zu Gebirgen, von Seen bis zum Meer. Überall pulsiert es. Ein vielzähliger Pulsschlag war es seit Langem, aber jetzt wird es immer mehr der Pulsschlag einer einzigen Art, der alles andere überdeckt, überdröhnt mit seiner Ausbreitung: der Mensch.

Er, der Hochnäsige, der er glaubt, die Krone der Schöpfung zu sein, handelt auch danach. Rachsüchtig, neidisch, eifersüchtig, besitzgierig mordet und brennt er alles nieder, was sich ihm in den Weg stellt, was ihm nicht passt, mit brutaler Gewalt zerschmettert er es. Einhergehend mit der Explosion seiner Art, die jetzt schon vier Milliarden* »Individuen« zählt, von denen man besser sagt: nahezu vier Milliarden an Masse zählt, drängt er das übrige Leben zurück. Langsam erst beginnt er zu begreifen, dass er sich damit selbst vernichtet, letzten Endes. Aber noch handelt er nicht danach. Auch hat er die Eigenart, ein »Meister« in der Aggression zu sein: Nicht nur alles andere Lebende tötet er gerne, auch sich selbst frisst er auf, mit aller Tücke und List.

Als Vorwand führte er vor kurzem noch den »Kampf ums Dasein« an, als Vorwand, andere seiner Art »berechtigt« auszutilgen und mit Krieg zu überschütten. Er, der sich über alle Grenzen der Natur, über alle Naturgesetze hinweggesetzt hat oder es zumindest glaubt, glaubte zur gleichen Zeit, ein

*: Damals 1975, 2020 waren es 7,77 Milliarden Menschen.

solches Gesetz anführen zu können, um sein Handeln zu rechtfertigen. Denn einen Kampf um Dasein unter den Arten gibt es für den Menschen auf der Erde nicht mehr, nur einen Kampf um Dasein unter den Nationalstaaten, den Ideologien und auch den Individuen in einer unmenschlichen menschlichen Gesellschaft. Aber vielleicht lernt er noch zu denken und danach zu handeln, bevor er nicht mehr denken kann, weil er sich mit seinem »eigenen« Planeten in die Luft gesprengt hat.

In Bezug auf Gesellschaft, Politik, Gut und Böse und Gerechtigkeit sind mir am 8.4.1975 einige Gedanken gekommen, anlässlich des Norus Festes, einer persischen Veranstaltung, zu der ich durch meinen Studienkameraden Reza Z. gekommen bin. Stark politisch waren allerdings die Vorführungen und Reden der CISNU-Mitglieder, die abends ab 20.00 Uhr gehalten und vorgetragen wurden. Aber gerade durch die prokommunistische, prokämpferische Propaganda bin ich inspiriert worden, dies zu schreiben:

Sieh da, ein Mörder, sehe in sein grausames Gesicht! Siehst du nicht seine Augen funkeln vor Hass und Machtgier. Es ist kein Mensch mehr, ein wildes Tier ist es, allgemeingefährlich, bestialisch und unberechenbar. Die Gesellschaft, die Allgemeinheit muss davor geschützt werden. Also nicht wie hinter Gittern mit ihm! »Was, der soll sich auf unsere Kosten vollfressen? Fort mit ihm! Die Todesstrafe muss her! Aufhängen soll man ihn, diese Bestie, diesen Unhold!«

Zum Glück hat die Gerechtigkeit gesiegt, die gute Polizei hat die bösen Verbrecher niedergeschossen, diese Schweine! Wie konnten sie nur die armen unschuldigen Kinder und alten Leute bedrohen? Wie konnten sie das viele gute schöne Geld rauben? Wie konnten sie nur den armen Nachtwächter niederschlagen. Das ist ihre gerechte Strafe, ihr verdientes Los. Das Gute musste siegen. Das Böse durfte keine Chance haben.

Es lebe der Kampf! Nieder mit dem Schah-Regime, dieser Terrorclique, den USA-Handlangern! Nieder mit ihm! Es lebe die Arbeiterklasse! Und dass sie lebt, beweist die Hinrichtung des kapitalistischen Ausbeuters X. Sieg der Revolution. Nieder mit dem Militärregime, das Arbeiter und Bevölkerung unterdrückt!«

Oh, meine Brüder, wie armselig seid ihr doch! Wisst ihr denn, was Gut und Böse ist? Dürft ihr denn das ausüben, was ihr Gerechtigkeit nennt? Glaubt ihr wirklich, dass ihr mit Gewalt, die ihr gut nennt, die Gewalt besiegen könnt? Glaubt ihr denn, mit Krieg den Krieg abschaffen zu können? Ihr armseligen Würmer, ja, ihr, die ihr hier noch weit unterhalb aller übrigen Lebewesen steht, die ihr besser Todeswesen heißen müsstet, die ihr nur Hass, Neid und Rache kennt und doch gleichzeitig von Frieden und Liebe redet. Oh, kämet ihr doch zur Vernunft! Lerntet ihr doch denken und erkennen, dass der Wahnsinn in eurem Handeln liegt! Lerntet ihr doch in Frieden und mit Liebe zu handeln! Könnt ihr nicht aufhören zu töten, das Leben, euch selbst zu vernichten?

Aber noch immer sagt der eine, ein Demokrat: »Es beginne die große Säuberung und Reinigung, auf dass die faschistischen Elemente ausgeräuchert werden und die Demokratie lebe!«

Und der andere sagt: »Vernichtet die Anhänger des gestürzten Systems! Der Faschismus soll leben!«

Auf dass ein Dritter komme, der Kommunist, der spricht: »Erziehet mir alle im rechten Glauben! Aber vorher beseitigt alle Faschisten (einschließlich der Demokraten)!«

Hört denn dieses Morden und Einsperren nie auf? Wann regiert endlich die Liebe? Wann kommen die Erleuchtung und das Licht? Oder gibt es nur noch Dunkelheit und Finsternis?

Oh, dieses Elend auf der Erde! Wann nimmt es endlich ein Ende? Wann nimmt es endlich ab? Aber noch fern, unendlich fern scheint der Augenblick zu sein, denn Elend und Not werden immer größer, die Flut steigt.

Auch euch, ihr Unterdrückten, ihr Sklaven der Gewalt und der Tyrannei, ich kann euch gut verstehen, ihr, die ihr eine Masse seid. Der Gewalt seid ihr erbarmungslos ausgeliefert. Aber nicht tatenlos wollt ihr zusehen. So greift ihr zu Gewalt, auf dass sich Gewalten messen. Euer Elend wollt ihr überwinden, aber in eurer Not werdet ihr auch durch den Willen und durch die Worte anderer getrieben zum Kampf gegen die Ausbeutung und Unterdrückung.

Dies aber sage ich euch, meine Brüder: »Es ist nicht der richtige Weg, den ihr beschritten habt. Mit Krieg wird der Krieg nie sterben. Immer wird einer

mehr Macht als andere haben. Immer wird es Unge-
rechtigkeit geben. Auszurotten sind diese Übel nicht,
aber verkleinern kann man sie. Ich weiß, auch ihr
wollt dies. Aber andere Wege müssen beschritten
werden.«

So schreien sie: »Es lebe der Krieg! Wir sind die
Größten, die Klügsten! Denn wir lehren den Krieg.
Keine Größeren wird es nach uns geben. Denn wir
sind die letzten Menschen! Und sie sind es, sie sind
es, die ihn ausstoßen, ihn, den letzten Schrei.

Viele träumten ihn, den letzten Schrei, den Schrei,
der da brüllt: das Pulsierende ist nicht mehr, alles ist
gerade und geometrisch. Es gibt keine Unregelmäßigkeit mehr. Es ist alles gleich - gleich tot.

3 Liebe

Verhasst ist mir der Krieg.

Es regiere die Liebe!

Klein bin ich noch an Geist und Gedanken. Sonst
würde ich keinen Hass kennen, sondern nur noch
Liebe. Schon hasse ich viel weniger, bin weniger neidisch und eifersüchtig als noch vor kurzem, in der
Zeit meiner Pubertät, in der Zeit des großen Egois-
mus. Doch noch liebe ich nicht, wie ich lieben möchte. Nicht hätte ich dann das Wort »verhasst« für den
Krieg gebraucht. Aber wie sollte ich ihn lieben, den
Krieg, den, der von den Lebewesen erfunden worden
ist und gegen sie ist, den, der das Leben beendet,
vorzeitig beendet wie die Krankheit.

Denn meine Liebe ist die Liebe zu meiner **Heimat**,
zum Kosmos, zum All, zum Weltenraum, zu einem
Raum also, der die Welten, die Planeten und Sonnen

enthält und alle Lebewesen, die auf diesem und in ihm wohnen. Ihnen gilt meine Liebe. Ihn liebe ich, wie auch er mich liebt. Nicht einseitig ist die Liebe. Seine Liebe war zuerst. Aus dieser Liebe, der Liebe, die Sehnsucht in sich barg, schuf er die Welten, die Wesen, die sie bewohnen. Denn er wollte nicht einsam sein, allein in einem Nichts, in dem, was wir nicht kennen, von dem wir nichts wissen, das hinter ihm liegt, hinter Raum und Zeit verborgen. Also schuf er Welten und Wesen in sich. So wurde er ihnen zum Gott, und so erfuhren sie, dass es keinen Gott gibt, der nicht einer ist und nicht viele, der alles ist und nicht eines, der eines ist und nicht alles, der uns erschaffen hat (und die wir ihn geschaffen haben), ihn, unseren Schöpfer, unseren Behüter, unsere Heimat, unser Leben, ihn, den Unendlichen, der doch endlich ist, ihn, den Begrenzten, der doch unbegrenzt in Geist und Seele ist, ihn, der gar keinen Geist und keine Seele hat und eben doch unbegrenzt in ihnen ist. Ihn liebe ich, ihm gilt mein Leben, er ist mein Leben, denn ich bin sein Sohn, ich bin ein Teil von ihm. Er ist das Ganze, ich bin nur ein Teil. So liebt er mich und ich ihn, den Weltenraum.

Vieles wird von den Menschen als **Gott** verehrt, Vieles angebetet, viele Religionen gibt es. Alle haben Recht, keine hat Recht. Denn sie beten nur einen Teil an, nicht das Ganze, ob sie jetzt sich selbst zum Gott machen (Friedrich) oder die Masse (Kommunismus), das Materielle (Materialismus), einen Einzelnen (Jesus Christus) oder viele Gesichter, die sie Gott nennen, oder ob sie sagen, es gäbe keinen Gott und doch das Geld und die Macht anbeten, Lotto spielen und viele Dinge wie ihr Auto und ihren Fernseher verehren. Nur einen Teil sehen sie, nur einen Teil nennen sie mit dem Namen, den nur das Ganze verdient, das Allumfassende, das wir Weltraum nennen, welcher aber auch nur einen Teil des Ganzen darstellen kann, das Gott genannt wurde von den Menschen auf dieser Welt, die eine kleine ist.

Viele Arten von **Liebe** kennt der Mensch, dieses ist die größte, die ich kenne, die ich hege. So habe ich heute, als ich die Sterne sah, die am Himmel glänzten, an Dich gedacht, Du Ganzes, und mich über einen Teil von Dir ergötzt, als ob Du es ganz wärest. Denn ganz wird Dich nie eines Deiner Geschöpfe sehen oder fühlen können. Immer nur einen Teil können Deine Wesen von dir erkennen. Nur sollen sie nicht denken und glauben, es sei das Ganze, das sich Gott nennt. Denn unvollkommen sind sie in ihrem Fühlen, Tasten, Denken, Erkennen und Handeln. Teile erkennen diese Teile, Teile handeln sie, Teile sind sie. Teile der Liebe nennen sie Liebe. Nicht die totale Liebe kennen sie, nur die sexuelle Liebe, die sie als Andenken aus dem Tierreich haben, welche zur Arterhaltung dient. Als ihr Begleiter fungiert die seelische Liebe, die Gefühle, die anziehen, die zur Vereinigung führen.

Ebenso denke und fühle ich auch, der ich ja einer von ihnen bin. So hat mich die Stimme von Gabi in Berlin beim letzten Besuch mit meiner Großmutter fasziniert, ihr Sprechen, ihre fröhliche Art, die in der Stimme lag, und dieselbe Stimme fand ich bei Jeanette wieder, bei der Ferienbetreuung in Haus-Furpach, dieses wunderbare Sprechen, das zarte und frohe. Die leuchtenden Augen, die strahlten wie die Sterne, habe ich bei Isabelle gefunden. Solch ein Strahlen kann nur ein Teil von Dir sein, obwohl natürlich Du auch alles Böse bist. Es gibt keinen Teufel. Dieser ist nur erfunden, um Dich zu ehren und gut zu machen vor der falschen, alten Moral, die heute noch existiert.

Aber dieses Strahlen in den Augen von Isabelle, in dieses Glänzen und Leuchten, wenn sie gelächelt hat, war und bin ich verliebt. So habe ich sie auch gesegnet, wie viele andere auch, die mir Freude und Glück bereiten. Ihr Strahlen war kosmisch, es war das Strahlen der Sterne, die den schwarzen Nachthimmel erleuchten und ihn noch schwärzer dabei erscheinen lassen.

»Oh, ihr lieben **Sterne**, wie hell strahlt ihr am Himmel, wie glitzert ihr gleich Edelsteinen im Dunklen, in der tiefen Nacht des Alls.

Lange habe ich euch nicht gesehen. Erst heute wieder erblicke ich euch. Stumm stehe ich da und schaue euch an. Ich schaue und sehe und blicke. Und mein Auge saugt euch in sich hinein, gierig, ausgehungert von der großen Sehnsucht, von der langen Zeit des Wartens. Nicht weit genug kann es sich öffnen, mein Auge. Ach, nur zwei Augen hat der Mensch! So vieles gibt es zu sehen, so vieles sehe ich, wenn ich euch sehe. Unendlich viele Augen müsste ich haben, um alles zu sehen.

Ich stehe da und blicke stumm, starre in die Nacht hinein, die keine ist, unbeweglich verharre ich einige Zeit und staune, bewundere und fühle, fühle das Einst, das Vergangene, das, was nicht mehr ist für mich, fühle, dass es da ist, dass es wieder

Gegenwart ist. Euer Glanz ist mein Schein, meine Erleuchtung, meine Erinnerung.

An alte Zeiten erinnere ich mich, an das Einst, wo ich noch bei euch war, wo ich bei euch in der Heimat lebte, ganz nahe an euch, nicht nur auf einem Planeten, wie es die Erde, meine Mutter ist, an euch, bei euch, auf euch, ja in euch lebte ich und war glücklich, glücklicher als je ein Mensch es sein kann.

Unbeweglich stehe ich da und springe vor Freude in die Luft, tanze, singe: »O meine Sterne, wie schön scheint ihr, o meine Sterne, wie schön lebt ihr, wie strahlt euer Glanz zu mir. So schön sah ich euch noch nie! O wie froh ich bin, wie froh bin ich, alles Schlechte geht mir aus dem Sinn.«*

So singend und springend gehe ich weiter, fühle, wie die Vergangenheit vergeht und die Zukunft sich zu mir dreht. Oh, es ist ja schon so spät. Bald werde ich bei euch sein und vermehren euren Schein. Dann seid ihr nicht mehr allein.«

Ja, dies ist mir heute nach dem Anblick des Himmels, des klaren Nachthimmels ohne Wolken in den Sinn gekommen. Ebenso schön ist der Morgen, an dem die Sonne die Welt aus ihrem Schlaf erweckt und das Leben erwacht. Es ist die Zeit, in der Vater und Mutter sich vereinigen, in der der schöne Morgen glüht, zur Freude der Kinder:

»Sei mir gegrüßt, du schöner Morgen, noch frisch und klar ist deine Luft. Gierig atme ich sie ein, um den Schlaf zu vertreiben, den Schlaf, den ich nicht kenne, wo ich nicht weiß, ob ich bin und wer ich bin.

*: Melodie zum Lesen in diesem Stück: *Here' to you*.

Du, Sonne beleuchte mein Antlitz! Gib mir Kraft und Energie, erfülle mich mit Prana, mit Lebenskraft, auf dass der Tag nur Gutes für mich bringe! Leuchte mir den Weg! Geleite mich und schütze mich!

O Vater, wenn ich dich betrachte, bricht ein Glücksgefühl über meine Seele herein, und ich wache langsam auf, aus dem Vergessen, aus dem Dunkel. Durch Dich wird alles hell und klar. Durch Dich erwacht das Leben wieder.

Klar stehst du am Himmel, keine Wolken verdecken dich. Mögen auch so mein Geist und meine Seele an diesem Tage sein, rein und klar, ohne Schatten auf ihren Gesichtern, die die Gedanken verdunkeln.

Staunend und glücklich betrachte ich Dich, Du mein Vater. Und mir ist, als lächelst Du mir zu, wissend um mein Glück, zur Ermunterung für den Tag, an dem so vieles Dummes von mir getan wird, viel

Liebe

Unnötiges, aber der auch ein Schaffenstag sein wird, ein Tag der Freude und der Euphorie.

Möge sich keine Trauer auf mich niederlegen und mir das Glück die Tränen in die Augen treiben!

Gegrüßet seist Du mir, Du schöner Morgen, Du Verkünder eines glücklichen Tages, Du, der Du mir Gesundheit und Freude bringst, der Du mich stärkst und mich beschützt, der Du alle Wesen erfreust mit deinem frischen Tau, der den Schlaf verjagt und den Geist erfrischt mit der Sonne, meinem Vater, als Verkünder der Freude und des Leuchtens.

- Tief atme ich Deine Luft ein, ziehe sie in mich hinein gleich einem Hungrigen. -

Oh, könnte ich doch auch schon so leuchten, ein so großes und starkes Licht sein durch den Weg der Finsternis, die gerade überall die Menschheit überzieht, um sie ihrem Untergang zuzuführen. Viele Stimmen höre ich, die warnen, die Halt rufen. Doch sie verklingen ohne Echo in der dunklen Hülle der Nacht. Von ihr werden sie verschluckt, in ihr herrscht tiefste Schwärze, Schwärze des Geistes und der Seele.

Herauf Du schöner Morgen, herauf Du strahlende Sonne! Verjage alle Schatten und zeige den Sinn des Lebens, auf dass nicht alles in die Sinnlosigkeit falle oder in falschem Sinn, in falschen Werten ihr Glück suche.

Sei mir gegrüßt, Du schöner Morgen, Du Verkünder eines neuen Lichtes, Du Verkünder der Liebe, des Friedens, des Lebens! Noch frisch und klar ist deine Luft.

4 Frieden

Frieden, das ist der Begriff, der schon so oft gebraucht wurde, der aber so wenig durchgeführt worden ist, der noch nie - seit die Menschheit sesshaft wurde und vielleicht schon seit längerem - auf der Erde vollständig geherrscht hat. Frieden, das ist hier das Gegenteil von Krieg, also von Kampf zwischen Individuen oder Massen einer Art gegeneinander. Denn Frieden ist auch allgemein definierbar als Ruhe, Stille, Ordnung, ohne Lärm, ohne Töten, harmonisch und schön; auch innerer Seelenfrieden ist so.

Frieden, das sei's, was auf Erden in Zukunft herrsche! Frieden unter den Menschen, Frieden, kein Krieg, kein Töten, kein Morden, keine Gewalt. Nicht nur der Krieg als offene Schlacht ist dann gestorben, auch Rache und Mord, Töten und Verletzen wird es nicht mehr geben. Überall Ruhe, Stille, kein Schmutz, hübsche Pflanzen und Tiere, freudiges Arbeiten, aber

Frieden

kein unnatürlicher Tod, der von Lebewesen gewollt ist, die diesen Planeten bewohnen. Paradies nannten sie dies seither, ein Paradies soll die Erde sein!

Das sind natürlich ideale Vorstellungen. Ob solches einmal erreicht werden kann, ist sehr fraglich. Aber die bewaffneten Auseinandersetzungen zwischen Nationen, die nur künstlich erschaffen sind, und Völkern, die alle zu einer Art gehören, können abgeschafft werden. Am besten wäre es, wenn alle Menschen denken könnten und danach handeln würden. Dann gäbe es keinen Krieg mehr, sondern nur noch Frieden. Aber leider können nicht alle ihren Verstand gebrauchen. Deshalb ist es vielleicht besser, wenn ein kleiner Eingriff vorgenommen wird, z. B. die Bestrahlung der Erde mit Strahlen, die jede Aggression, jeden Krieg verhindern, die die Menschheit liebend machen,* sie zu hilfsbereiten Wesen werden lassen, die nicht an Hass und Krieg denken, nicht an Rache und nicht nur an die Erfüllung ihres egoistischen Willens. Doch darf dabei keine Aktivität, kein Schaffensgeist, kein Mut, keine Anriebskraft verloren gehen. Vielleicht ist dieses Ziel des Unkrieges, des Friedens auch anders zu erreichen. Andere Möglichkeiten fallen mir aber dazu noch nicht ein. Ich glaube jedenfalls, ja ich weiß, dass es keinen Aggressionstrieb im Menschen gibt, der ihm zum Töten und Vernichten seiner Artgenossen treibt, so dass dieses Problem durch die Änderung der Gesellschaft aus der Welt geschafft werden kann. Auch übergro-

*: Auf dass der Mensch Mensch werde, ein Wesen des Alls: *Homo sapiens sapiens* (der dumme) zu *Homo sapiens amans* (der liebende).

ße Angst und aggressives Verhalten daraus müssten zu beseitigen sein. Etwas Aggressivität sollte jedoch bleiben, nämlich diese, die wir von unseren Brüdern, den Tieren, geerbt haben. Sie ist ohnehin unbedeutend, jedenfalls nahezu, für unser Handeln in unserer Zeit. Doch kann wieder eine Zeit kommen, wo es keine Technik mehr gibt und der natürliche Kampf ums Dasein wieder einsetzt. Ohne jede Aggressivität (außerartliche) kann ihn der Mensch dann nicht bestehen und stirbt gleich aus, unfähig, ohne Hilfe der Technik zu bestehen.

Durch Änderung der Umwelt, durch Änderung der Sozialstruktur, der Gesellschaftsordnung, durch Abmilderung der Leistungsstrebens, durch Abbau der großen Unterschiede zwischen arm und reich und durch den Fortfall von Elendsvierteln und schlechter, ungünstiger Milieus können die Verbrechensrate, die Morde, die Überfälle, die Diebstähle verringert werden. Die Liebe zu allen Mitmenschen und besonders zu den Kindern (Friedrich Nietzsche) kann alle Menschen zu Brüdern werden lassen, zu dem, was sie eigentlich schon sind: »Love reign o'r them!« Nicht die egoistische Liebe, die nur haben will*, sondern die Liebe, die gibt, dieses Leuchtende, dieser strahlende Gesang, dieses Glück, das sie bringt, diese Liebe wird alle Menschen zusammenführen, wird sie zu Menschen machen. Und Frieden wird herrschen, erstmalig auf der Erde und bis zum Untergang der Menschheit. Freude, Glück, Liebe und Frieden werden das Weltbild prägen, und der Mensch wird einen neuen Beinamen erhalten: *Homo sapiens sapiens*

*: bzw. einer Person oder mehreren geben will.

(erst jetzt ist das sapiens gerechtfertigt - der friedliche, der liebende, der glückliche). Ungeheure Kräfte und Energien materieller und geistiger Art werden dann frei, die heute verschwendet werden. Durch diese neue Moral, durch diese Menschwerdung, durch diesen Sieg der Vernunft und des Gefühls gleichzeitig wird der Aufbau einer neuen Welt gelingen, einer besseren Welt, einer besseren Erde mit Menschen, die schon so viele Ideologien angestrebt aber nie erreicht haben und auch nie erreichen werden, weil sie immer nur einen Teil des Ganzen gesehen haben und diesen zum Wichtigsten, zum Allein-Glücklichmachenden erhoben haben. Und alle werden Brüder sein, kein Misstrauen, keine Angst wird es mehr geben, und die Blumen werden blühen, die Vögel singen in einer sauberen Umwelt, die vor Freude strahlt. Alles jubiliert und singt und tanzt.

Und andere Wesen, die aus dem All kommen, die dies alles sehen, werden staunen und sagen: »Wer sind die? Sind es unsere Götter? Ist dies der Himmel? Ist das das Paradies? Sie haben es geschafft, was wir schon immer wollten. Kommt, lasst uns zu ihnen gehen, ohne Waffen, denn auch die, die auf diesem Planeten leben, kennen keine! Lasst uns zu ihnen gehen und vor ihnen niederknien und sie fragen: ‚Wie habt ihr das Paradies erschaffen können? Oder lebtet ihr schon immer im Paradies? Bei euch herrscht Frieden, Liebe, Leben, Licht, und doch gibt es Technik, doch braucht ihr nicht zu hungern, doch kennt ihr keine Not, sondern nur Zufriedenheit. Sagt uns, wie können wir dies erreichen? Wie können auch wir einswerden mit dem Kosmos? Wie können auch wir das Lied singen, das Lied unserer Heimat, nach ihm tanzen, nach seinem Takte die Flügel bewegen, in ihm fliegen.'«

Und der Mensch wird sagen: »Es war nicht immer so. Einst herrschten Krieg, Tod, Vernichtung, Unterdrückung, Hass, Neid und Gier. Fast war es so weit, und wir wären nicht mehr gewesen. Aber dann kam das Licht, dass uns sich selbst brachte, und damit gingen einher Leben, Liebe, Frieden und Eins-sein. Denn wir sind nicht allein im All. Wir leben nicht auf einer Insel in der Nacht. Nein, wir sind ein Teil des Ganzen, und wir fühlen es, wir sind eins mit dem Kosmos.«

5 Eins-sein

Eins mit dem Kosmos sein, Eins-sein, das will jedes Geschöpf, es will dorthin - wenn auch nur für kurze Zeit - woher es gekommen ist, zum Frieden, zur Liebe, zum Glück, zum Licht. Freude und Lust will es fühlen, so auch der Mensch. In der Jugend sehnt er sich nach Liebe, im ganzen Leben schaut er sich nach Frieden, Ruhe und Geborgensein um, am Ende des Lebens sehnt er sich nach dem Tode, nach der erlösenden Ruhe, die ihn von den Qualen und Leiden befreit und ihn in das Paradies führt. Schon in der körperlichen Liebe fühlt er, der Mensch, einen Teil des kosmischen Glücks, in der Vereinigung wird er »Gott«, doch nur in der körperlichen, wenn zur gleichen Zeit die seelische erfolgt, die Liebe waltet.

*: Auch ich - habe sie aber leider noch nicht ausgekostet (10.5.75)).

Wenn auch diese Liebe, die Liebe der Geschlechter zueinander die unterste Stufe, die einfachste Form bildet, eine egoistische bzw. dualistische ist, so beglückt sie doch, und jeder sehnt sich danach*, ob bewusst oder unbewusst, jeder Mensch will daran teilhaben, aber die meisten können sie nur kurze Zeit auskosten, andere nie in ihrem Leben. Oh, welch armen Geschöpfe sie doch sind. Sie kennen höchstens die Liebe zu sich selbst, wenn überhaupt, denn dazu bedarf es auch großer Gefühlskraft. Sie lieben eher gar nichts bzw. zum Teil auch materielle Güter, ihr schönes Geld und ihr Auto. Aber die Jugend, die Blüte der Menschheit, der Frühling, die Zukunft, sie sucht den Partner, die Geborgenheit, das Gefühl, die Zärtlichkeit. Auch ich gehöre zu ihr, auch ich suche den Partner, das Mädchen meiner Träume. Noch habe ich sie nicht gefunden. Wird das überhaupt je der Fall sein? Ist sie nicht zu ideal? Aber lieber keine Freundin, keine Frau als eine keifende, garstige Ziege, ein eifersüchtiges, neidisches Biest! Trotzdem, wenn ich Liebende sehe, so erfreut dies mein Herz, und ich denke zurück an glückliche Augenblicke (Jeanette, Isabelle etc.), die gar nicht so glücklich waren, aber die ich so in Erinnerung haben möchte, ohne die egoistischen, neidischen, eifersüchtigen Gedanken, die ich dabei ebenfalls empfunden habe. Sehnsucht nach Glück ist es, was die Menschen bewegt und auch mich bewegt und treibt. Denn noch bin ich ein kleines Licht, fast noch nicht so zu nennen. Wenig leuchten kann ich, wenig lieben, wenig das Glück entstehen lassen. Noch bin ich klein, noch bin ich so wie die Sonne bei ihrer Entstehung. Ein Staubkorn im sich drehenden Nebel bzw. die Gesamtheit dieser, aber in einzelne Teile zerlegt. Wie ein Staubkorn mit einem anderen zusammenzustoßen kann, so möchte ich mit ihr, einem Mädchen zusammentreffen, ihr Liebe geben, von ihr Liebe erhalten. Denn jetzt kann ich noch empfangen, noch Licht aufnehmen, aber bald, wenn ich Licht bin, strahle ich nur noch aus, dann bin ich der Liebende, und alles auf Erden ist mein Geliebtes. Aber jetzt, wo ich noch nicht leuchte, jetzt kann ich beleuchtet werden, jetzt kann mir Liebe entgegengebracht werden. Oh, hätte ich mehr Gelegenheiten zur Kontaktaufnahme, wäre ich nicht so schüchtern, träfe ich sie doch, käme sie doch zu mir oder begegneten wir uns:

Ohne Worte* blickten wir uns an. Die Augen strahlten wie die aufgehende Sonne, die den Tag bringt und die Nacht verjagt. Ihr Leuchten erfüllte die Umgebung, und Blitze sprangen gutmütig von ihr zu mir und von mir zu ihr. Kein Wort sprachen wir. Aber unsere Seelen wussten schon alles von dem anderen. Sie hatten schon miteinander gesprochen, früher, als ich sie rief, nach ihr schrie (wie z. B. am 14.4.75 nachts vor 24.00 Uhr), damals da begegneten wir uns zum ersten Mal, ohne uns zu sehen, zu berühren, begreifen zu können. Jetzt stehst du da und gehst auf mich zu. Es gibt keine Umwelt für uns. Wir sind alleine, zusammen. Nur ein mildes, sanftes Licht geht von uns aus, und alle Anwesenden empfinden ein nie geahntes Glücksgefühl, eine Freude, als ob sie im Paradies wären. Liebe erfasst sie, und sie verbreiten sie weiter in ihrem engen Umkreis.

*: So würde ich es im Rückblick sehen.

Nun berühren sich unsere Hände, zum ersten Male, aber wir sehen es nicht. Wir sehen nur jeder den anderen, die Augen des anderen, und wir kommen zusammen, küssen uns und umarmen uns, gehen, fliegen an eine einsame Stelle. Niemand tut uns etwas, niemand denkt »Böses«, alles freut sich und tanzt, singt und springt. So kommt es uns vor. Wir wissen, nur für eine kurze Zeit werden wir zusammen sein. Wir wissen, dass es die einzige Möglichkeit ist, sonst würde das Glück erlöschen, die Erinnerung Schlechtes aufzeigen, Langeweile, Entfremdung und Ehealltag. So aber erleben wir eine kurze Liebe, die zeitlos ist, die ewig dauert, die wir nie vergessen werden, die etwas ist, das nur wenige erleben, von dem aber alle träumen.

Hier sieht man, was mich bewegt, wonach ich mich gerade sehne. Liebe möchte ich empfangen, nicht nur geben. Das Weibliche soll es sein, das sie mir entgegenbringt. Ein Mädchen soll es sein, das mich liebt und das geliebt wird von mir, mit der wahren Liebe, mit dem Segen, den ich als kleines Licht schon austeilen kann, auf dass ihr Leben glücklich bleibt und nichts »Böses« ihr etwas anhaben kann. Ja, wenn ich Liebe, Liebende sehe, Natur, Leben in einem Film, der mich ergriffen hat durch seine Schilderung, seine Musik, seine Handlung, seinen Inhalt, dann kommen mir die Tränen vor Freude und kommen auch vor Trauer über mich*, dass ich nicht so geliebt werde. Ebenso ist es mir eben ergangen, als ich dich, meine Freundin, mein Mädchen, meine

*: Aus Freude über die Liebe, weniger aus egoistischer, neidischer Trauer.

Liebe gerufen habe, zu mir gerufen habe, auf dass die Einsamkeit in meiner Seele verschwinde und Glück und Frieden regieren. Oft habe ich dich schon gerufen. Noch aber bist du nicht gekommen, noch kennen wir uns nicht.

Oh, ihr Menschen, wäret ihr doch alle zur Liebe fähig, zur Liebe zu euch, zu euren Mitmenschen und besonders zu euren Kindern, auf dass auch sie lieben können und unsere Erde ein Planet des Friedens wird, ein kleiner Platz im All, auf dem das Größte regiert, was ein Wesen erreichen kann, die Liebe und das Licht. Denn Liebe lässt die Schatten verschwinden, leuchtet, macht hell. Und Licht strahlt auf uns hernieder, um uns die Liebe zu lehren, um uns die Schönheit der Natur zu zeigen, um uns zu sagen:

»Werdet fröhlich, werdet Liebende, werdet Lebende, die Leben hervorbringen, die aufbauen, die leuchten in ihren Gedanken, die keine Nacht kennen und singen und springen, um das Fliegen zu erlernen, die Menschen sind, die Wesen des Kosmos sind und bleiben wollen.«

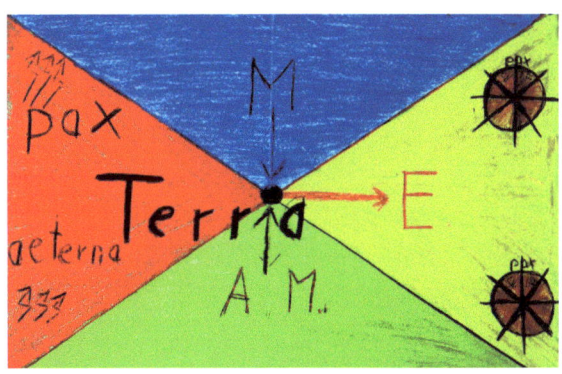

Erdflagge (pax aeterna - M, E, A.M. ?)

Nachwort

Vieles kann ich noch schreiben, vieles vielleicht noch hinzufügen, in einem zweiten Teil, mit besseren Worten, besserer Sprache, die weiter von der Umgangssprache entfernt sein wird, mit neuen und alten Gedanken, in neuer Form, mit Liedern, Gedichten und Tanz. Das Fliegen will ich dann erlernen, die Liebe beschreiben, meine Gedanken und Gefühle aufzeigen, die sich ab jetzt entwickeln, die ich mir notiert habe auf Notizzetteln, von einer neuen Welt, einer neuen Gesellschaft. Von den alten Leiden und dem neuen Glauben will ich berichten, Berge versetzen und Schlösser bauen, das werde ich im zweiten Teil.*

Klein ist es noch
doch werden tut es immer größer:
das Licht.

*: Nachtrag 10.5.75: Der zweite Teil wird mein Leben von Geburt bis Untergang enthalten.

Kreis

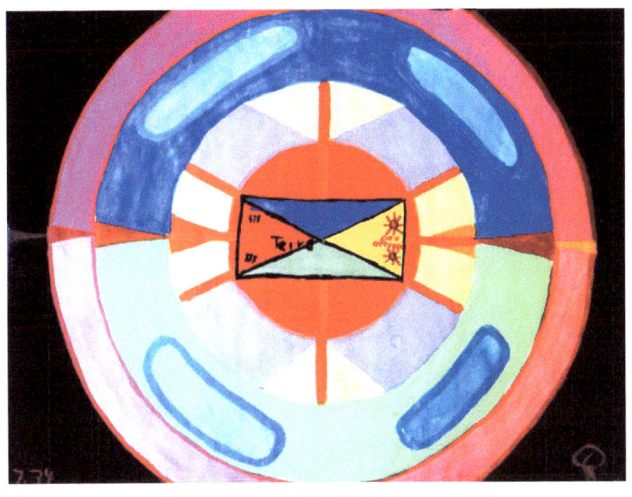

unendlich und unterschiedlich

Vorwort

Kreis - unendlich und unterschiedlich ist der zweite Teil meines ersten Werkes, handschriftlich verfasst 19.6. bis 6.9.75. Den Titel fügte ich am 18.10.75 hinzu. In den Computer tippte ich den Text 1994 ohne größere stilistische Korrekturen. Meine Selbstkritik lautete: Dieser Stil, voller Partizipien, gar schröcklich, sehr von Friedrich Nietzsche und Perry Rhodan beeinflusst, von oben herab und belehrend, nun ja! April 2017 entstand vorliegende Fassung mit wiederum nur leichten Korrekturen und zum Teil Rückkehr zu Formulierungen im Original.

Ein Kreis, unendlich und unterschiedlich, Erlebtes und Erdichtetes, wobei das Erdichtete auch noch erlebt werden kann, denn es ist noch Zukunft.

Auch dies ist nur ein Teil, wie auch wir alle nur Teil eines Ganzen sind, Teil eines Universums, eines Kosmos - einen winzigen Augenblick lang.

Kaiserslautern,
7.6.21

Einleitung

Freuet euch, denn bald ist alles anders. Nicht mehr lange währet diese Zeit. Neue Sonnen entstehen, und unter ihnen ist ein Licht.

Das Zeichen

In der Ferne, die schon Nähe ist, leuchtet es, das Licht. Noch Schimmer ist es, noch Hoffnung, noch Hoffnungsschimmer. Doch siehe, es wird größer, immer größer. Schon ist es nah.

Freuet euch, denn ich sehe neue Zeiten, eine neue Ära. Freuet euch und tanzt, singt und springt! Denn bald werdet ihr fliegen, werden wir fliegen.

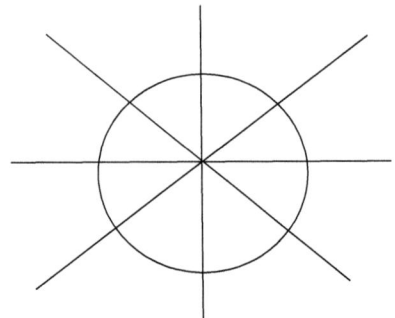

Dieses Zeichen: ursprünglich *pax*, jetzt
auch *terra*, denn: pax = terra

1

Reise und Geburt

Schwarz ist die Nacht
doch da, ein Leuchten
ein kleines Licht erinnert:
Es wird auch Tag

Da ward ein Licht geboren
Fast war's noch keines
doch von weit kam es her
weit sollte es noch leuchten

Reise

Vorwärts, immer weiter vorwärts! Nur ein Vorwärts, nur ein Vorne ist.

Doch ist nicht auch ein Hinteres, wo ein Vorderes ist?

Auch ein Hinteres ist, doch entfallen ist es, untergegangen im Schleier des Neuen, den Neuwerdenden.

Schwarz der Raum, ein Meer von Schwarzem, ein Meer von Hellem, von Sternen im Schwarzen. Doch noch mehr als das Helle das Schwarze. Schwarz und dunkel ist alles.

Vorwärts fliegt es, immer weiter durch den Raum, vorwärts in eine Richtung. Kein Hinten ist, keine Vergangenheit mehr. Verschwommen und zerflossen hinter dem Schleier von Finsternis das War. Nur noch Ist ist. Kein War war. Doch ein Wird-Sein wird sein, unbekannt noch, unbekannt die Zukunft.

Hell wird es da, wird eine Stelle, ein winziger Ort im Raum, erleuchtet wird er von einem Licht, einem

Licht, das ist, das aus dem War kommt.

Fliegen, gleiten, schweben, segeln, das ist das, was Es tut. Einem Embryo gleich, schwimmend in einer Blase, schwebend durch das All kommt ES, kommt ES näher.

Langsam, unendlich langsam, bewegend die Arme, antreibend das ES, schweben lassend das ES, vorwärtsbringend das ES. Sanft und still, geschlossen die Augen, ruhend der große Kopf, ruhend das Lächeln auf den Lippen, träumend von morgen, fühlend noch nicht, denkend noch nicht, wollend noch nichts, folgend dem Strahle, folgend dem Licht, erleuchtend den Raum, verändernd die Stille, verwandelnd Schwarzes in Helles, näherkommend, größer werdend, vorwärtskommend, nah, näher dem Ziele.

Zeit ist nicht, Zeit fühlt ES nicht. Doch ist in der Ferne ein Teil, ist Zukunft, ist Neues. Aber hinter ihm Schwärze. Schwärze lässt das Helle, lässt das Licht zurück. Schwarz das Vergangene. Blau die Zukunft. Denn Blaues beleuchtet der Strahl, Blaues, das größer wird, immer größer, Blaues, das Zukunft ist.

Er aber, ER, der Strahl, verschwindet, macht Platz dem Neuen, macht Platz dem Ziel, lässt ES landen auf dem Planeten, dem Blauen, das da Erde heißt.

Begrüßung

»Erde«, ruft es von irgendwo, »Erde, Erde«, immer lauter ertönt der Ruf. Und ES hört ihn, nimmt ihn auf, lächelt vor Freude, vor Freude über das Ziel, das ES erreicht, vor Freude, dass die Reise zu Ende ist.

»Leben«, ruft es von irgendwoher, »Leben, Leben«, immer stärker schallt der Ruf, und ES bewegt

den Mund, bewegt ihn und spricht »E-R-D-E, ERDE«.
Schwer fällt IHM das Sprechen noch, das erste Sprechen, die ersten Worte. Doch leichter fallen schon
die zweiten: »LE-BEN, LEBEN«, so klingt es aus seinem Munde.

Und zum dritten Male ertönt es: »Geburt, Geburt.
Geburt ist dir verheißen.«

Und das Lächeln wird zu einem Lachen auf seinem
Gesicht, und ES spricht lachend: »Geburt, Geburt, ja
geboren werde ICH, leben kann ICH, die Reise ist zu
Ende.«

Ankunft und Leben

Ach ja, zum ersten Mal eigenes Reden, kein
Nachsprechen, eigene Worte, und zum ersten Mal
das Wort »ich«. Und schon formen sich die Lippen,
und lieblich klingt es in den Ohren, klingt er, der
Name, durch den Raum: »Rainar, Rainar heiße ich«,
Strahlend wird das Gesicht, mein Gesicht, so fühle
ich, strahlend wird mein Herz, strahlend wird mein
Geist, strahlend meine Seele. Und ich lache, lache
wie nie zuvor, weine vor Freude. Lachen und Weinen
zur gleichen Zeit, zur gleichen Zeit vor Freude über
das Leben. Tief sauge ich die Luft in mich hinein,
tief, ganz tief, denn es ist der erste Atemzug, und
langsam öffne ich die Augen, blicke mich um.

Verschwommen ist alles, aber bunt und sonnig,
grün, hellgrün wie frisches Blattwerk, grün wie die
jungen Pflanzen, grün wie das junge Leben. Und ich
sehe, beginne zu sehen und schaue mit beiden Augen, kann nicht genug schauen die grünen Halme,
die im Winde schaukeln, den blauen Himmel, den

wolkenlosen, sonnigen, die bunten Tiere, das Leben, den Frieden.

Und ich höre den Gesang der Vögel, das Zirpen der Grillen und das Rauschen der Blätter im Winde, rieche den Duft der Blumen, den Nektar ihrer Kelche, freue mich über die lustigen, gaukelnden Schmetterlinge, flattere mit ihnen von Blüte zu Blüte, um den süßen Nektar einzusaugen, trinke und esse zum ersten Mal, lebe wieder und doch zum ersten Mal.

Denn Erinnerung an frühere Zeiten gibt es nicht, schwarz ist alles Vergangene, rosig und süß die Gegenwart, strahlend die Zukunft.

Hell scheint die Sonne

Freude ist in ihr, denn ihr ist ein Sohn geboren.

Keine unnötigen Gedanken durchschwärmen den Kopf, nur Ruhe und Frohsinn fliegen da herum, spielen miteinander wie auch ich spiele mit meinen Brüdern, den anderen Lebewesen, den Pflanzen und den Tieren, den Schmetterlingen und den Hummeln.

Sonnig ist die Umgebung, Sonne wohnt in meinem Herzen, Sonne ist mein Leben.

Lachen muss die Mutter Erde

Reich ist sie geworden, reicher um einen Sohn.

Ja, Leben bin ich, Leben, das pulsiert, Leben, das lacht, und um mich herum? Um mich herum ist Leben, Leben, das pulsiert und lacht.

Wohl fühle ich mich, denn ich bin Gleiches unter Gleichem, Leben unter Leben, und ich vergesse, vergesse, wie ich es wurde, wie ich Leben wurde, wie meine Geburt geschah. Denn es gibt nur noch Leben, Jetztzeit und Zukunft.

Leben auf Erden

Viele Wolken sind,
verschleiert ist das Klare.
Doch schnell ziehen sie vorbei,
verschwinden
und vom Himmel scheint die Sonne,
freut sich und spricht:
»So ist es recht, meine Kinder,
lacht, tanzt, singt und springt,
freut euch des Lebens,
lebt!«

Der Erhabene

Hoch oben auf den Rängen steh ich. Erhoben bin ich, erhaben fühl ich mich, groß, größer als ich bin. Groß fühle ich mich und erhaben, erhaben über alles Kleine, über alles Gewürm, das da unten kreucht und fleucht.

Doch auch erhaben wie ein Schöpfer, wie ein Gott, den sich die Menschen schufen, ein mächtiger Gott, sich freuend über sein Werk, das gut gelungen, sich freuend über seine Kinder, die doch seine Brüder sind.

So stehe ich da, schaue hinunter und denke: Hoch oben stehe ich, doch wer oben steht, der fällt auch tief. Kleiner wird mein Hochmut, erhaben bin ich, aber kleiner wird mein Sinn, kleiner fühle ich mich, wissend, dass die Größe noch nicht vorhanden, doch ahnend das Kommende, spürend das Wachsen, fühlend die Tage kommender Größe.

Das Kommende

Traurig, eine traurige Zeit ist's. Traurig, wehmütig, tief ergreifend klingen die Töne aus den Lautsprechern, tief und düster klingt es da. Eine traurige Zeit ist's, oder war sie traurig?

Ja, so wird der Mensch bald sprechen, in der Vergangenheit redet er dann, denn dann ist alles anders, ganz anders als jetzt. Dann redet einer zum anderen: »Erinnerst du dich? Wie war es damals noch? Hilf mir, rufe mein Gedächtnis zurück, Bruder! Erzähl mir, was wir erlebten!«

Und der Bruder redet zum Bruder und spricht: »Ja, vor mir sehe ich noch den Augenblick. Alle waren wir klein und dachten: Das ist das Ende. Doch irrten wir alle. Der Anfang war es. Nur einer stand da, weinte, lachte, tanzte und freute sich im Stillen und sprach zu sich: »Zu lange währte die traurige Zeit, allzulange war's. So soll es anders sein, jetzt, ab jetzt! Denn von mir aus geht die Kraft, die alles ändert, die das Neue schafft, das doch so alt, zu alt geworden ist. Wie jung fühle ich mich, wie jung bin ich, welch eine Kraft durchströmt mich. »Schaffenskraft« nenn ich's, was da mir geschieht, und strecke meine Arme aus, fühle Energie, strahle sie aus, gebe sie und gebe sie doch nicht. Klein und arm stehe ich hier. Am Himmel ist alles blau. Da erstrahlt es hell, da strahlt sie, die Energie, die ich vergab, die ich nun vergebe. Da strahlt die Kraft, die alles anders macht, die verwandelt, die erleuchtet.«

Und alle freuten wir uns, waren damals lustig, tanzten, sangen und flogen vor Freude. Einer aber von uns ging zu ihm hin, grüßte ihn und sprach.

»Bruder, weißt du schon, eine neue Zeit ist angebrochen! Komm, ergreife meine Hand, lass uns tanzen, lass nun singen, lass uns zu den anderen gehen. Denn jetzt sind wir alle Brüder und Schwestern.

Sonnenschein

Jetzt aber empfinde ich, was ich schon immer wusste, Leben, das ist das Schönste! Freuen und lachen, springen und tanzen, das tut meine Seele, angeregt von dem Schein der Sonne, die mir zuzwinkert und spricht. »Lebe, mein Sohn, lebe und sei glücklich! Gesunde, sei fröhlich und lache! Werfe alle Tiefen von dir, und Schatten gibt es keinen, nur noch Licht, Strahlen, Energie, Leben, Liebe!«

Hell und klar ist der Himmel, ohne Wolken, klar wie der Geist. Nur eins will er jetzt: fliegen, hinausfliegen in deine Strahlen, hinaus zum Quell der Botschaft, in dich hinein, du meine Kraft, mein Vater, mein Bruder, der du leuchtest, wie ich einst leuchten werde, wenn ich dich verlasse und heimgehe, aufbreche in die Heimat, aus dem Elternhaus fortgehe, traurig, dich und meine Mutter verlassend, fröhlich, lachend, neugierig auf das Kommende, auf das Sehen, Hören, Fühlen, Erleben, das Eins-sein mit dem All.

Einen Vorgeschmack, eine Vorfreude bringst du mir dar, oh Vater, der du voller Liebe bist, dass du so schenken kannst. Schenken und dich freuen zugleich.

Trostlos ist alles, öde und leer

Oh, eine schlimme Zeit ist es, eine traurige Zeit. Möge doch bald die Stunde der Erlösung kommen, die neue Zeit anbrechen, die Zeit der großen Liebe!

Ich verstehe euch, meine Brüder, ich verstehe euch und fühle mit euch, denn ich weiß, was euch bedrückt. Denn es ist trostlos alles hier, schmutzig, verlassen, leer und einsam.

Viele Einsame sah ich mitten im Gewühl der Menschen. In der Masse, im Vielsamen waren sie einsam.

Öde und leer ist ihr Leben, ihr Beruf, ihr Job. Am Fließband stehen sie und müssen monoton sein, müssen monoton immer denselben Griff tun und dürfen nicht denken, verlernen das Denken, lernen nie zu denken. Trostlos ist alles, öde und leer.

In die Schule werden sie geschickt, in die Ausbildung, um das zu lernen, was sie nicht wollen. Denn das, was sie wollen, dürfen sie nicht, können sie nicht. Grau ist alles, was sie sehen, grau sind ihre Gedanken, grau ist ihre Seele.

Doch die Seele strebt nach Glück, strebt nach Liebe. So suchen sie danach in der Wüste von Beton, klammern sich daran fest, an jeden kurzen Halm, schmiegen sich an und wollen nicht mehr loslassen. Mädchen und Jungen suchen sich gegenseitig, um das Grau zu verlieren, um bunt zu werden, um glücklich zu werden. Sie wiegen sich zu den Tönen der Musik, der Musik ihrer Zeit, die traurig singt, die traurig singt von der bitteren Wirklichkeit, von der Grauheit des Lebens. Die Stimme ist es, die trauert, die Elektronik, die elektrische Gitarre, alles trauert.

Beliebt ist diese Musik, diese Musik kommt an. Auch ich fühle es, ich finde sie gut, mir gefällt sie. Doch ich habe mir geantwortet auf die Fragen: »Warum gefällt sie denn? Warum sucht heute das Mädchen den Jungen, der Junge das Mädchen so früh? Früher war es anders. Warum ist es heute so?«

Du aber sagst es in mir: »Sieh da, alles ist grau, alles ist traurig, alles trauert um die Grauheit, trauert über eine Lebende, eine, die noch da ist, die lebt, um alles andere ihr eigen zu machen, die alles andere macht zu dem, was sie ist. Darum trauern sie, darum finden sie sich schon so früh zusammen, darum greifen sie zum Ausweg, der keiner ist, zum Rauschgift und zum Alkohol. Darum rauben sie, morden sie und plündern sie. Grau sind sie geworden. Grau und blass, blass wie die Toten.

Sie wollen leben, wollen bunt sein, doch sie wissen nicht wie und ergeben sich ihrem Schicksal, werden immer grauer bis sie Asche sind.

Da sitzt sie, küsst ihn, will immer mehr ihn küssen, will Liebe. Doch nur kurz ist ihr Empfinden, denn Liebe kennt sie nicht mehr, untergegangen ist sie in der Grauheit, in dem Zigarettenqualm der Diskothek.

Grau ist alles geworden, grau, öde und leer.

Die kleine Liebe*

Nichts erwartend, aber doch hoffend, hoffend ein Mädchen zu treffen, das mir gefällt, hoffend, aber nicht wissend, so gehe ich hin zu ihm, auf seine Party, zu ihm, den ich leicht bedauernd bemitleiden könnte, der nicht den Geist hat, den ich habe, doch der lebt.

*: Gewidmet Isabelle: ihre Augen waren Sterne.

Langeweile beschleicht mich, Bier, Alkohol, zu einer Flasche greife ich, um meine Einsamkeit zu überbrücken, aber doch schauend, blickend, suchend nach ihr.

Doch finster ist es im Raum, nur die Lichtorgel geht im Takt der Musik, Dunkelheit und Einsamkeit, Alkohol ist der Ausweg, scheint ein Ausweg zu sein. Zur Flasche greife ich, doch hat mein Geist mich nicht verlassen, eine Warnung rufend, die ich höre, ist er bei mir ... so trinke ich nicht zu viel.

Da sehe ich dich, strahlend sind deine Augen, strahlend wie 1000 Sterne, leuchtend, anziehend, Heimat, du schaust mich an, betrachtest mich mit den Augen einer Göttin.

Erwachen und Freude durchfliegen mich, aufstehen muss ich, begrüßen muss ich dich, oh meine Schwester, oh du strahlende Schönheit, die du den Raum erleuchtest.

Und nun stehe ich vor dir, glücklich, glücklich vom Sehen, vom Sehen der Verheißung. Isabelle ist dein Name, den ich nie vergessen soll. Kurz nur ist die Zeit, die wir uns sehen, einige Stunden, dann noch einmal einige Stunden und einige Minuten, dann nur noch Worte, Worte, die nicht mehr strahlen.

Aber wie sollten sie denn auch strahlen - es sind doch die Augen, die Diamanten, die Feuer verbreiten.

Haben möchte ich etwas von ihr, egoistisch sein möchte ich wieder, ein Foto will ich von ihr. Aber was ist schon ein Foto im Vergleich zum eigenen Sehen und Erfühlen!?

Vergessen wird es keines geben, du sollst leben, ewig leben, auch wenn du schon längst nicht mehr auf Erden weilst, in mir lebst du, du, die du Strahlen, Leuchten bist, dem ich nur eins entgegenbringen kann, Liebe, eine kleine Liebe und einen Segen.

Vom Warten

Und wieder einmal muss ich warten, dieses tun, was mir gar nicht gefällt. Denn ich bin ein Schaffender. Und ein Schaffender ist einer, der rege ist, der aktiv ist, der handelt, der schafft und ein Ziel hat. Er weiß, was er will, er geht darauf los, um es zu erreichen, das Ziel.

Er kennt kein Warten, denn er weiß immer, was er tun kann, und führt dieses auch aus. Verhasst ist sie mir deshalb, die Langeweile, die sich einschleicht beim Warten, das Nichtstun, das Abwarten auf das Tun eines anderen, auf das man sich oft nicht verlassen kann.

Auch ich bin ein Wartender, auch ich erwarte sie, sie, die große Stunde, die Stunde, in der ich lebe, die zum ewigen Leben führt.

Doch wäre ich dumm, würde ich nichts tun als warten. Also schaffe ich, bin ein Schaffender, denn Schaffen erlöst, wie auch er* schon sagte.

Eine Abiturrede

Auch ich verkannte einen Menschen, glaubte ihn beurteilen zu können, beurteilte ihn aber falsch. Doch seine Rede lehrte mich anderes, belehrte mich über meinen Irrtum.

*: Friedrich Nietzsche.

Als er sprach, glaubte ich, nicht er, sondern mein Mund lasse die Stimme unseres Geistes, meiner Seele ertönen, verkünde etwas von meiner Seele, verkünde einen meiner Gedanken.

Doch von vorne erscholl die Klage, die Anklage des Geistes, des Gefühls gegen die Lehrer des Ungeistes, der Dummheit, gegenüber den Lehren des Alles-erkennbaren, Alles-erfahrbaren, Alles-messbaren, eine Anklage gegen das Schulsystem, in dem er sein Abitur bestand.

Leise, nicht donnernd ertönte es von dem Podest. Ein Schrecken müsste es in den Ohren der Lehrer sein, die sich als Weise fühlen, eine Musik in den Ohren der Erkennenden. Doch der Klang ist nur ein Ton, ein kurzes Knarren, ein kleiner Ruf, der in der Finsternis verhallt.

Das Volk sitzt da, applaudiert wie bei allem, was gesagt wird, hört zu, glaubt zu verstehen, versteht, doch vergisst, lässt alles untergehen, erheitert sich an den folgenden Reden, die nur aus kahler Förmlichkeit oder aus geistigen Worten bestehen.

Es hat zwei Ohren, das Volk, die Eltern, die Schüler und die Lehrer. Ach, hätten sie nur ein Ohr! Ein Ohr zuviel sah ich bei ihnen, und ich wurde traurig. Warum haben sie nur zwei? Zum Hören genügte eines, zum Vergessen dient das andere. Ach, traurig wurde da mein Herz, Freude empfand es bei der Rede, doch Trauer mischte sich sogleich darunter.

Nur ein kleines Kind

Groß fühle ich mich oft, groß und überlegen, größer als alles um mich herum. Lächeln muss ich dann, lächeln über die Dummheit anderer. Doch andere Male bin ich ganz klein, ganz still, eingestehend, unwissend zu sein, unfähig zu sein, so zu denken. Dann sollte ich lächeln über mich. Denn das Leben, das das wahre Leben ist, ist Lachen, Jubel, Freude.

Dann erkenne ich, dass ich noch nicht erwachsen bin, nur ein Kind, ein Embryo noch: klein, dumm, unwissend, aber sicher und geborgen im Schoße der Mutter. Meine Mutter aber ist die Erde, unsere Mutter heißt Erde.

Jung bin ich noch, schwach und darum noch im Schoße der Mutter. Denn Schutz bietet er, Schutz bietet so das Starke dem Schwachen. Doch noch stärker ist der Vater, das Licht, die Sonne, aus dem das Leben entsteht. Aber weit weg ist er von mir, weit weg bin ich von ihm, schwach leuchtet nur sein Licht, wenn es zu mir kommt, schwach darf es nur leuchten, um nicht meine Mutter zu verbrennen, um nicht mich zu verbrennen. Ja, im Schoße meiner Mutter bin ich noch. Ach, nur wenig Väterliches ist erst in mir, zu wenig Stärke, zu wenig Leuchten.

Ein kleines Licht erst bin ich, nur etwas leuchte ich, nur in die nähere Umgebung bringe ich Licht, bringe ich Freude, kurze Freude erst. Noch ist nicht die Zeit, wo alle meine Brüder und Schwestern, alle Kinder der Erde in ihm erstrahlen werden, in dem Lichte, das von mir kommt und doch nicht von mir, von mir ausgeht und doch auf mich herabstrahlt, herab von dir, meinem zweiten Ich.

Ach, klein bin ich noch, ein kleines Kind, ein kleines Licht, schwach und arm, arm an Gaben, die zu verschenken sind.

Zu viel flackere ich, zu oft vergesse ich zu leuchten. Wenn du aber fragst: »Warum gibst du nichts, warum spendest du nichts für die Armen?«, so antworte ich dir: »Was ist ein Tropfen auf einem heißen Stein? Ist er ein gutes Gewissen? Wollt ihr denn wirklich, dass ich mein Flackern verschenke, um zu erlöschen?

Wartet doch noch etwas! Seid nicht zu ungeduldig! Denn bald wird das Kind erwachsen. Bald wird das Flackern zum Licht, werde ich zum Gebenden, zum Liebenden. Dann sollt ihr, meine Brüder und Schwestern, baden in meiner Liebe, sie empfangen im Überfluss und glücklich sein.

Oh, wartet doch noch etwas, und ihr werdet lernen zu leben, oder wollt ihr etwa nicht leben?

Der ewige Wandel - Zoologe und Botaniker

Sieh nur, sieh nur, wie sich die Kiefer bewegen, wie sie kauen! Sieh nur, wie sich der Kopf bewegt, der Leere nachrückend! Und siehst du sie klettern, sich halten, ruhen? Siehst du das Leben? Aber begreifst du es denn?

Da sagt der eine: »Freue dich, denn siehe, ein Leben ernährt sich, ein Tier frisst, es ist gesund, es lebt, Grünzeug verzehrt es.«

Und der andere sagt: »Schade, die arme Pflanze! Sieh nur, sie stirbt, sie zählt ihre letzten Stunden! Siehst du denn nicht, wie sie zerstückelt wird von dem Vieh, wie sie sich krümmt, wie sie nichts wird, wie sie untergeht? Weinen muss ich bei diesem Anblick, denn es ist das Unbegreifliche, es ist der Tod.«

Ich aber sage euch: »Was streitet ihr? Recht habt ihr beide, und keiner hat Recht. Beide irrt ihr.«

Den einen frage ich: »Wo ist hier nur *ein* Leben? Warum lebt nur die Raupe?«

Den anderen aber frage ich: »Wo ist denn hier der Tod? Ich sehe nur Leben, nichts als Leben. Freut euch beide! Hört auf zu streiten! Die Gründe sind nichtig. Leben ist das Pulsierende, die Bewegung, der Atem. Beide seht ihr: die Raupe, das Tier ist Leben. Doch genauso ist das Stehende, das scheinbar Unbewegliche Leben. Wie das Tier, so lebt die Pflanze. Frisst das Tier jedoch nicht, so »stirbt« es, verschwindet in seiner jetzigen Form. Frisst es, so lebt es. Doch nicht alleine, in ihm lebt noch etwas anderes, lebt die Pflanze weiter, wird Bewegung, wandelt sich von scheinbar Unbewegtem zum Bewegten, wird Raupe. Also lehre ich euch: Bis zum großen Untergang herrscht überall Leben. Wenn du sagst »dort ist Tod«, so irrst du. Denn es ist Leben, Leben, das sich verwandelt, das in einer anderen Form weiterlebt, das anderes Leben wird.

Trüber Tagesbeginn

Überall hängen sie am Himmel, drücken alles unter sich zusammen. Unter ihrem Druck kriechen die Gedanken, fliegen ist nicht mehr möglich. Dunkel und klein ist alles geworden an solch einem Morgen.

Blau in blau, gleich in gleich liegt sie da, die Betonlandschaft, auch genannt Stadt, ruhig und unbeweglich, wie ausgestorben - auch der Kran, der sich sonst drehte, ist im Lauf verstummt.

Doch jetzt beginnt das Leben zu erwachen: Die ersten Studenten verlassen das Wohnheim. Zwischen der blaugrünen Decke der Wolken erscheinen Löcher, weiße, helle Löcher, Erscheinungen der Freude und der Liebe.

Du, Sonne, mein Vater, schaust hindurch an diesen Stellen, hindurch durch die Dunkelheit, die Kleinheit, die Trübheit, die Nacht, die nicht weichen wollte.

Jetzt hast du es für einen Augenblick geschafft. Geblendet von diesem glücksverheißenden Scheine, der die Nacht der Wolken zerbrochen hat, sitze ich an meinem Schreibtisch, lächelnd vor Freude, aber auch auf die Uhr starrend, auf dieses armselige Instrument, das mir nicht mehr viel Zeit lässt, zur Chemievorlesung zu gehen. Auch mein Brot wartet noch darauf, gegessen zu werden, während Sonne, Licht und Wolken, Dunkelheit miteinander im Wettstreit liegen.

Früh ist es noch, und spät erst ging ich schlafen, zehn vor acht ist es geworden.

Der Angeber

(Ich bin der Größte)

Doch klein bin ich noch, doch noch Wurm. Wie sollte ein Großes so sprechen, so ausposaunen: »Groß bin ich, seht mich an, ihr Kleinen, seid eifersüchtig!«

Zu viel gebe ich an, zu großsprecherisch rede ich, zu viel geht mein Mund wie der eines Klatschweibes.

Unbeliebt wird der Wurm unter allen Würmern, der sagt: »Ich bin mehr als ein Wurm, ich bin Überwurm!«

Lachen bis zum Morgen

Wiederum ging ich heute aus, ging in die Stadt, um zu suchen, marschierte nach Homburg auf der Suche nach einem netten Mädchen, auf der Suche nach Liebe, nach Zweisamkeit.

Denn einsam fühle ich mich, ganz alleine, besonders, da alles verreist und ich allein in der Wohnung bin. Einsam also, aber doch nicht so einsam wie manch alte Leute, doch frohen Mutes machte ich mich also auf den Weg.

Wie zahlreich fliegen doch die Mauersegler am Himmel! Wie froh klingen ihre Schreie! Wie wild brummen die kleinen Käfer um das Ahorn herum, wie schnell fliegen sie doch durch die Lüfte!

Doch in der Trübe, der Dämmerung leuchtete plötzlich ein Freudenfunken. Denn ich traf einen aus der früheren Parallelklasse und hielt mich eine Weile bei ihm auf: »Nichts los ist in dieser Stadt, in diesem Kaff, das sich stolz Stadt nennt, besser Dorf, Großdorf heißen sollte, aber Homburg sich nennt.

Drei Mädchen kommen vorüber. Er kennt ein Mädchen, ruft es, begrüßt es. Auch mir gibt sie lächelnd die Hand. Dann trennen sich unsere Wege, führen auseinander, und wir verlieren uns aus den Augen.

Doch warum freut es mich, den Klassenkameraden zu treffen? Warum freut sich der Mensch, einem Mitmenschen zu begegnen, der einer seiner Gruppen angehört oder angehörte?

Der Mensch ist wohl doch ein Herdentier, ein Gemeinschaftswesen. Die Gruppenmitglieder kennen sich, halten zusammen, fühlen sich als zusammengehörig, und sie erkennen sich wieder, begrüßen sich als Zeichen des Wiedererkennens und freuen sich, freuen sich, sich an vergangene Zugehörigkeit erinnernd.

Aber bedrückt ging ich weiter in der Stadt herum, fand den Abend mies, den Weg in die Stadt und den Rückweg als überflüssig, umsonst.

Aber ich sehe einige Mädchengruppen, beschließe, einer zu folgen, mir Gesellschaft zu verschaffen, gehe ihnen nach und finde die vorhin Begrüßte in einem der drei Mädchen wieder.

So setze ich mich an ihren Tisch, bestelle ein Getränk, und es entspinnt sich eine Unterhaltung. Schon reden wir von lustigen Dingen, von Kreuzfahrt und Skiurlaub, von Wehrdienst und Schule, von Blutspende und anderem. Lustig, sehr lustig ist alles, viel Lachen erklingt von unserem Tisch. Lustiges rede ich, Lustiges reden sie, Lachen ist das Ergebnis. Immer wieder müssen wir lachen, freuen wir uns.

So vergeht die Zeit wie im Fluge. Schon ist es 23.30 Uhr, wir brechen auf, und sie fahren mich sogar mit dem Auto nach Hause - ihre Namen kenne ich nicht mehr, hatte sie nur kurz gehört - und wir verabschieden uns, wünschen uns gegenseitig lustige Stunden noch in den Ferien. Und ich sage zufrieden zu mir: Ein lustiger Abend war's. Ja, so soll es sein! Lachen, das tut gut. Denn Leben ist Lachen.

*: Friedrich Nietzsche.

Er* hat wieder einmal recht gehabt, wenn er es auch nur an einer Stelle dachte: Der Mensch freut sich zu wenig. Möge er mehr sich freuen! Ja, der Mensch freue sich mehr! Er soll lachen und froh sein, in jeder Minute seiner Freizeit und bei der Arbeit soll er sich freuen! Ein neuer Mensch wird bald sein, ein Mensch, der da der »Liebende« heißen wird. Doch er könnte auch der »Lachende« heißen.

Eine Liebesgeschichte

Heute sah ich das Schönste, das zugleich das Traurigste war.*

»Warum, oh warum nur ist das größte Glück so kurz? Warum bricht es ab, wenn alles geregelt, wenn alles in Ordnung ist, wenn Zeit ist zu lieben? Warum muss das uns passieren, oh, warum ausgerechnet unserer Liebe?«

So steht er da, blickt ins Leere, und die Tränen fließen aus seinen Augen, weinen Schmerz.

Leer, gähnend leer ist der Platz, an dem eben noch die Freunde, die Ausgelassenheit, das Spiel der Liebe. Eben noch in den Armen der Geliebten, spielend, einander nachlaufend, sich erhaschend, sich freuend wie die Kinder. Und jetzt ist alles so anders, alles so finster, überschattet von ein paar Silben, von ein paar Worten, die der Arzt sprach. Eigentlich war es nur ein Wort, was er sagte, doch lange brauchte er, um es hervorzubringen, schwer fiel es ihm, das Unvermeidliche auszusprechen, einfach zu sagen, zu schreien: »Sehr krank, schwer krank, todkrank ist ihre Frau!«

*: Film: *Love Story*.

Er aber hat den Mund geöffnet, hört die Worte, vernimmt das Wort, begreift es nicht, will es nicht begreifen, kann es nicht verstehen. TOT, in wenigen Wochen ist sie tot. Nur noch vierundzwanzig Tage bis zur Klinikeinlieferung. Noch vierundzwanzig Tage für ein Leben zu zweit, für die große Liebe.

Soll denn alles so schnell vorbei sein, so schnell enden?

»Es kann nicht sein, es muss ein Irrtum sein, sagen Sie doch, dass es ein Irrtum ist, sagen Sie, dass alles falsch, sagen Sie es, reden Sie doch!« So schreit es aus ihm heraus. So tönt seine Seele, erzittert und erbebt in Verzweiflung.

Unfassbar ist es, ach, warum nur ist im größten Glück die größte Trauer? Warum währet dieses Glück so kurz? Hilflos steht er da und fragt, fragt, was er tun kann, wie er sich verhalten soll, fragt: »Was kann ich machen?«

Und er verspricht das einzig Richtige, verspricht, ganz normal zu sein, ihr nichts zu sagen.

Doch wie anders ist jetzt die Welt, sind jetzt die Straßen. Wo vorher Lichter waren, ist nur noch Nebel, wo Wege waren, nur noch Wand, wo Autos waren, sind nur noch Schienen.

Grau und farblos ist alles geworden, neblig und trübe, trübe durch die Tränen, die in den Augen stehen, die er krampfhaft versucht zurückzuhalten, die aber doch da sind, einfach da sind wie die Liebe, aber auch wie der Tod.

Und er denkt nicht mehr an das Wort, das er gab, möchte nur noch bei ihr sein, zärtlich zu ihr sein, alles für sie tun, was ihr gefällt.

Schnell vergeht die Zeit, viel zu schnell vergeht alles Glück, schon glimmt das Leben nur noch, glüht ein letztes Mal und spricht in ihr, spricht aus ihr: »Komm! Nimm mich in deine Arme! Komm näher! Umarme mich!«

Und im Nichts verklingen die Worte, verschwinden, werden Vergangenheit wie auch die große Liebe. Denn es sind die letzten Worte, die sie sagt, die das Leben sagt, bevor es geht, weicht, verschwindet im Unfassbaren, im Unbegreiflichen, im Tod.

Tränen stehen mir in den Augen, meine Seele weint und spricht: Ist es denn nicht immer so? Ist er denn nicht auch ich? Zu kurz dauert das Glück, zu lange die Zeit ohne Glück im Leben.

Doch ist es dann nicht das Beste, was ihm geschah?! Ist eine kurze Liebe nicht besser als ein langes Leben zu zweit, das später nur noch Langeweile und Entfremdung ist?!

Denn er hat nur Liebe in Erinnerung, der andere aber vergisst die Liebe über die Entfremdung.

Eine andere Liebe

Ein anderes fällt mir da aber auch ein - ein großer Traum der Menschheit - wenn er mir zuteil wird. Auch in ihm ist viel Trauer, nicht nur Glück. Unsterblichkeit heißt er.

Auch bei ihr kann es für mich nur kurzes Glück, kurze Liebe geben, so wie in diesem Film, wie in der Liebesgeschichte. Denn lang ist die Ewigkeit, kurz das Leben eines Menschen, eines Mädchens, das von mir geliebt.

Wer lange lebt, der liebt nur kurz, auch wenn es oft der Fall sein kann. Es sei denn, das Mädchen ist auch »ewig«.

Sein Kampf, ihr Kampf, Kampf

Da aber steht einer von ihnen, einer der Armseligen, der Erbärmlichen, die Zeitung in der Hand, still und stumm, fragend, wenn jemand vorbeikommt, redend von Kampf und Krieg.

Lächelnd gehe ich an ihm vorbei und sage mir: »Nicht mehr lange wirst du hier stehen, nicht mehr lange werdet ihr hier stehen, nicht mehr lange. Denn bald werdet ihr nicht mehr so sein wie ihr seid, werdet ihr verstummen mit eurem Gerede, werdet ihr von anderen Dingen reden. Im Glanze der neu entstehenden Sonne, des neuen Lichtes werdet ihr verstummen, erstarren in den Handlungen, die töten sollen.«

Überzeugt ist er von seiner Sache, für eine gute Sache hält er sie: »Die Arbeiter sollen siegen, nieder mit dem Kapital, den Ausbeutern, den Imperialisten!«

Für einen Revolutionär hält er sich, für einen Revolutionär mit Worten, doch hält er Ideen anderer, älterer in der Hand. Neues predigt er, Neues, rot ist es, rot wie die Revolution. Doch stammen die Gedanken aus dem vorigen Jahrhundert. Und ich gehe zu ihm, nenne ihn »Reaktionär«. Doch er glaubt es nicht, schaut ungläubig, denn er ist progressiv, modern, Kommunist. Er glaubt an den Sieg des Kommunismus, an die Niederlage des Kapitalismus, wie es in seiner Zeitung steht, die ein Foto von Vietnam und den Sieg der Vietkong und der Nordvietnamesen zeigt. Er glaubt daran, oh, wie religiös, wie gläubig ist er doch, obwohl er sagt, es gäbe für ihn keinen Gott. Doch er tut nichts anderes, als ihn anzubeten, ihn zu verkünden, für ihn zu kämpfen.

Erstarren werden die Waffen in euren Händen, kein Feuer werden sie mehr speien, kein Tod wird ihnen mehr entweichen, still wird alles werden, friedlich wird alles sein.

Nur eine Bewegung wird es in diesem Augenblick noch geben, eine Bewegung, eine einzige nur: die Waffen werden hinuntersinken, hinunter auf den Boden fallen, in den Schoß der Mutter Erde.

Und sie ist da, sie ist gekommen, die große Wende für die Wesen auf der Erde, für die lebenden Wesen, für die Lebewesen.

Strahlen vom Himmel

Die Zeit der Strahlen wird es sein, der Beginn, der Anfang, der Augenblick, in dem sie vom Himmel fallen, Strahlen vom Himmel, so nannte ich dies, als ich sagte:

»Es wird kommen die Zeit der vielen Strahlen, nicht hart, nicht kurz, nicht verschieden werden sie sein, nein, weiche und sanfte werden hinunterkommen auf die Erde, durch die Wolken, durch die Atmosphäre, hinunter zu den Pflanzen, den Tieren und den Menschen und werden sie ergreifen, erfassen, beleuchten, erleuchten, auf dass alle Menschen Brüder werden und alle fühlen, dass sie Verwandte sind, Brüder und Schwestern, nicht nur untereinander in der Art, sondern auch mit den Pflanzen und Tieren.

Und es wird anbrechen eine bessere Zeit, eine bessere Zeit als es je gab auf Erden, eine Zeit des Friedens, der Liebe, das Zeitalter, wo das Leben an erster Stelle steht, eine Zeit des Lichtes, eine Zeit, wo alles eins ist mit dem Kosmos.

Vom Teufel

Grausam und bestialisch sind doch manche Menschen - halt, sagte ich eben Menschen, nein, Wesen sind es, ach leider muss ich sie Wesen nennen, die unter den Tieren stehen, unter allen anderen Wesen - und diese kleinen Würmer, die doch weniger als Würmer sind, sie prahlen laut, klopften sich einst stolz auf die Brust, nannten sich Krone der Schöpfung, höchste Wesen des Kosmos.

Grausame Bestien gibt es unter ihnen, grausame Wesen, die besser nicht Wesen wären, die besser nicht wären. Froh kann ich sein, denn ich habe noch keines dieser Art getroffen. Doch ich sah ein Bild, das Worte sprach, ein Bild, das brüllte, das Schmerz schrie, das für immer in meinem Gedächtnis haftet. Denn einst da spielte einer das Lied vom Tod*. Da weinte meine Seele, trauerte, lag am Boden, in Fesseln, unfähig zu fliegen. Nur noch Tränen sandte sie aus, Wasser, das von ihrer Gefangenschaft berichtete, das schrie vor Empörung.

Denn ich sah das Unglaubliche, das doch möglich, das doch ähnlich geschehen auf dieser Erde:

Laut ertönt die Musik, ertönt das Zittern, das wehmütige Klagen der Mundharmonika, und Unscharfes kommt aus der Welt der Wüste, kommt

*: Italowestern: *Spiel mir das Lied vom Tod!*

94

näher, wird Bild, zeigt sich, grinst auf der Leinwand, grinst teuflisch zu einem anderen Bild, begrinst einen Galgen, begrinst den Kopf eines Mannes, der sein Ende erwartet. Doch der Mann, dessen Kopf in der Schlinge liegt, steht nicht auf dem Boden. Nein, er steht auf den Schultern, auf den Schultern seines Sohnes. Das grinsende Monstrum aber, das aus der Unschärfe kam, betrachtet das Bild, freut sich an der Qual, die der Junge erleidet, grinst zu den Tönen der Mundharmonika, die der Junge, eben noch stehend, aber schon fallend im Munde hält. Noch teuflischer grinst das Gesicht da. Denn der Junge stürzt ohne Kraft, erschöpft in den Staub, das Genick des Vaters gebrochen durch diesen Sturz, den Vater, den eigenen Vater getötet, erhängt.

Als ich solches sah, da sah ich aber das Böse, glaubte an den Teufel. Nicht Gott, der Gute im Himmel, und der Teufel, das Böse in der Hölle, sind. Nein, Teufel ist sich selbst der Mensch, ist solch ein grinsendes Monstrum in Menschengestalt. Aber nicht ewig ist solches. Denn bald wird alles anders sein, bald wird nur noch Liebe, kein Grinsen, kein Mord mehr herrschen. Bald wird alles rufen: »Freuet euch, springt, jubelt, tanzt! Der Teufel ist nicht mehr, es lebe der Mensch, der neue Mensch, der sich *selber Gott* auf der Erde ist und der *doch glaubt*, den schwarzen Nachthimmel, die hellen Sterne betrachtend, ehrfürchtig das Ganze, den Kosmos schauend und dabei denkend: Gott lebt, ein neuer Gott ist geboren, größer ist er als je zuvor einer. Denn *er* ist nicht von Menschen erschaffen, er ist alles, er war vorher, er ist nachher, er ist jetzt.

Ein Gewitter

Schwarz wird der Himmel, es donnert, blitzt und strömt. Und mitten in diesem Gewaltigen ist ein Kleines, ein Wesen, das sich Mensch nennt.

Hell und sonnig ist der Himmel, doch die Luft ist warm, zu warm für die Klarheit. Irgendetwas liegt in ihr, liegt in der Zukunft. Schon ziehen Wolken am Himmel auf, dunkle mächtige Kolosse mit Wassermassen beladen, überladen.

Langsam verdunkeln sie die klare Sicht, machen alles trübe, hindern den Blick in die Weite, lassen alles klein, kurz und eng werden.

Eine letzte Anstrengung macht die Sonne da, durchbricht die Wolkendecke und lächelt hinunter, herunter auf mich, der ich im Walde sitze, die lebendige Luft einatmend, im Buch blätternd, nachlesend den Bauplan der Tierstämme. So sitze ich da, freue mich am Grün der Blätter und lerne für die Klausur. Doch schaue ich besorgt an den Himmel, sehe Wolken, nichts als Wolken, sehe keine Sonne mehr, warte auf ihn, warte auf sein Leuchten, warte vergebens. In mir sagt es: Geh, geh heim, denn gleich kommt ein Unwetter!

Schon fallen die ersten Tropfen, fallen zu Boden, und ich denke: Wie schön, Sonne brich durch, schaffe dir einen Weg, eine Sicht zur Erde, lasse den Regenbogen dir gegenüber erleuchten!

So stehe ich da, halb auf dem Rückweg, und warte, warte wiederum vergebens.

Doch das, worauf ich nicht warte, geschieht: Es regnet, regnet immer stärker, gießt, strömt vom Himmel. Und ich denke nur noch eins, denke: Heim, nichts wie nach Hause!

Doch wie ängstlich bin ich noch, wie armselig verkrieche ich mich unter das Blätterwerk der Bäume, werde doch nass, gehe weiter, ohne zu denken wohin, gehe einfach in die richtige Richtung.

Wohin bin ich aber gelangt?

Orte sind das, die ich noch nie gesehn. Habe ich mich etwa verlaufen? Umher irre ich im strömenden Regen, der noch vom Donner übertönt wird, der alles erschreckt. Doch mich ängstigt er nicht. Mutiger bin ich geworden, gehe frei, kann frei gehen, da ich schon nass bin. So strebe ich immer weiter, immer weiter in die falsche Richtung, bis ich zu einer Straße komme. Jetzt denke, fühle ich richtig, singe ein Lied, ärgere mich nicht über Regen, Blitz und Donner.

Was können sie mir schon antun? Gehören sie nicht zu meiner Mutter? Freut sie sich nicht über den Regen, der ihren Durst stillt, der auch mich ganz durchnässt? Doch auch Ärger kommt in mir auf. Wollte ich nicht auf die Uni treffen?

Keine Spur von Häusern ist zu sehen. So gehe ich die Straße hinunter und schlürfe mit den Sandalen durch das abfließende Wasser.

So ist es also, wenn man ohne Zuhause, ohne Schutz umherwandert im Unwetter, nass bis auf die Haut, und alle Autos fahren an einem vorbei. Kann man die noch Menschen nennen? Wesen, die sozial sein wollen, die Gruppe und Einzelwesen sein sollen, die hier ihren »Nächsten« im »Dreck« gehen lassen, während sie sicher und geschützt heimfahren? Doch solche Gedanken gehen mir erst jetzt beim Aufschreiben durch den Kopf. Vorher auf der Straße dachte ich anders, freute ich mich, so richtig durch das Wasser zu schlürfen, ohne auf die Pfützen achten zu müssen. Denn richtig nass sein, heißt, nicht mehr nasser werden zu können.

Aber ich will zu Hause sein, hoffe die Uni auftauchen zu sehen. Und ich frage jemanden, der sicher in seinem Mercedes sitzt, wo es zur Uni geht. Er gibt mir eine Antwort, bestätigt, dass meine Richtung die richtige ist. Weiter gehe ich durch das Unwetter, die Blitze, den Donner. Plötzlich sagt es in mir nur noch eines, da singt es: Geschafft, hurra, ich habe es geschafft! Die Uni liegt seitlich vor mir. Schneller werden meine Schritte, und bald bin ich zu Hause, zu Hause im Studentenwohnheim. Oh, wie schön ist es doch, ein Dach über dem Kopf zu haben, wie herrlich diese trockene Luft.

Beim Abtrocknen denke ich aber: Warum laufen die Menschen alle davon, verkriechen sich? Warum haben sie solche Angst? Schön ist es, im Regen zu laufen, ein Erlebnis ist es, war auch dieses für mich.

Und nach dem Gewitter: Trauer

Noch nie sah ich die Erde so weinen, noch nie spürte ich es so. Ist denn alles so traurig? Leidet denn alles? Ist alles krank? Ist alles am Sterben? Oh Mutter, warum weinst du so?

Weinst du, weil du deine Kinder siehst, wie sie nicht sein sollen? Oder weinst du aus Freude, dass der Sommer wieder da?

Doch nein, Weinen mit Blitz und Donner, das klingt nach Kummer, klingt nach Trauer.

Mutter, sag, warum, um wen trauerst du denn?

Sind es meine Brüder und Schwestern, sind es die Menschen, die dich traurig machen?

Sieh, wie sie fliehen vor deinen Tränen! Sieh, wie sie rennen, wie sie sich verkriechen, als hätten sie ein schlechtes Gewissen ob der Dinge, die sie taten.

Oh ja, sie haben Schlimmes getan. Warum nur, warum »töteten« sie »alles«, warum wollen sie sterben?

Mutter, auch ich bin traurig mit dir, aber siehe: Bald wird alles anders werden, dann wird die Sonne wieder scheinen.

Krank liege ich da

Da aber fühlte ich mich krank, spürte Schwäche, dachte, es wäre Übelkeit, Unwohlsein beim Anblick des sezierten Frosches, der vor mir auf dem Tisch lag. Ich ging nach Hause, kam an die frische Luft, war aber immer noch schwach. Beim Schlucken schmerzten meine Mandeln. Erst jetzt wurde mir die Sachlage klar: keine Übelkeit, Krankheit hatte mich befallen. Und Zuhause nahm ich mein Yogabuch, las nach, fand etwas über Lebenskraft, über ihre Lenkung, etwas, das ich schon früher gefunden hatte. Ich führte es aus: Legte mich hin, atmete sie ein, die Lebenskraft, ließ die Krankheit beim Ausatmen konzentrisch herausgehen, aus dem Mittelpunkt, der Ursache heraus, fort, immer mehr verteilt, immer schwächer, hinaus aus dem Körper, hinein in die Dünne, die Weite, die Wirklosigkeit. Alsdann rieb ich meinen Hals ein, Brust, Stirn und Rücken, trank den heißen Zitronentee, bereitete mir Kamillentee, atmete die Dämpfe ein, beschloss, bei Durst ihn zu trinken. Also wappnete ich mich gegen die Krankheit, ohne Gifte, die Natur, den Raum, die Heimat als Hilfe, den Geist, die Seele zur Abwehr, zur Verjagung der falschen Wellen, der anderen Schwingungen. So lag ich da und dachte: Gesund, gesund muss ich werden, die Wolken fortblasen, die Wolken, die ihn vernichteten, die aber nicht stark genug sind, um mir zu schaden, um mich zur Drehung zu zwingen. Denn ich freue mich, freue mich auf die Gesundheit, auf die Überwindung des Falschen, auf das Herrschen des mir Bestimmten, auf das Herrschen des Optimismus.

Früh legte ich mich nieder, löschte das Licht, um es in mir erleuchten zu lassen, widmete mich dem Schlafe, dem Seligen, den ich einst als vertan verschrie, übergab mich seiner heilenden Kraft, um morgen wieder frisch und fit zu sein. Denn ich lebe nicht für gestern, ich lebe für morgen.

Der Schlaf kommt

Dunkel wird's, Abend wird's. Am Horizont versinkt die rote Abendsonne, ein letztes Mal strahlend mit schwachem Licht, lächelnd, wissend um den neuen Anfang, das neue Glück, das neue Leben, den neuen Tag.

Dunkel wird's, Abend wird's. Die Wolken ziehen am Horizont entlang, verdunkeln die Sonne, ziehen weiter, hinter sich zurücklassend den strahlenden Ball von roter Glut, der den Tag färbt, ihn rötet wie ein Morgenlicht.

Nacht wird es, verschwunden ist sie, die Kräftige, er, der Vater, untergegangen, gestorben. Gestorben, um zu neuem Leben zu erwachen, gestorben, um zu leben, gelebt habend, um zu sterben.

Nacht ist es, tiefe, finstere Nacht, kein Stern am Himmel, alles düster und schwarz, alles tot und finster. Das Leben legt sich zur Ruhe, zur Ruhe lege ich mich, hoffend auf einen neuen, glücklichen, sonnigen Tag.

Gedanken und Bilder, vorbeiziehend, ungeordnet, bewegen meinen Geist. Ordnung, Ordnung versucht er zu schaffen, Kosmos will er schaffen, doch Chaos, Chaos will herrschen.

Plötzlich, oder ist es nicht plötzlich?, dauert es lange? Irgendwann, irgendwie hört die Zeit auf zu sein, hört die Erinnerung auf, fallen Schleier des Vergessens über den Geist, schließen sich die Augen zum Schlafe, zu dem, der Erquickung und Erholung bringt, der alle Sorgen vergessen lässt, in dem alle Freude untergeht.

Träume, Träume ziehen herauf, Durcheinander, wilde Jagden, Flucht, Bedrohung, Alpträume nennen sie sich. Krankheit und Tod predigen sie, Tod wollen sie.

Doch auch helle, strahlende gibt es unter ihnen, leuchtende, doch allzu selten sind sie. Vergessen macht sie zu nie erfahrener Vergangenheit.

Im Walde

Eines Tages aber, als ich Zeit hatte, Zeit zwischen der Vorlesung und dem Praktikum, da ließ ich mir Zeit, nahm mir die Zeit, ging in den Wald. Und ich suchte mir eine schöne Stelle, nicht zu sonnig, nicht zu schattig, gerade recht zum Ausruhen, und war allein. Ruhe und Stille war um mich, Ruhe im Gesang der Vögel, die ihre Lieder zwitscherten, Ruhe und Alleinsein mitten unter Vielen. Doch es war nicht das einsame Alleinsein, nein, es war das frohe Alleinsein, das Alleinsein, das zur Versenkung, zur Entspannung so notwendig ist. Also legte ich mich nieder unter eine Kiefer, lag auf dem Nadelboden und sah mir die Welt von unten an. Groß wurden da die Bäume, leuchtend das Grün der frischen Blätter, denn der Mai war gerade vorbei. Die Sonne schien durch die Gipfel des Waldes, und die Vögel tirilierten froh dahin. Romantisch, still und ruhig war es da, Paradies wurde es.

So lag ich da und entspannte mich tief, folgte der Yogalehre, ließ alle meine Körperteile sich ausruhen, gab ihnen die wohlverdiente Ruhe, atmete die Luft ein, die frische Waldluft, vergaß Schnupfen und Krankheit, war gesund, erfrischte mich an der Lebenskraft, an Prana, das in mich drang, mich durchflutete, mich gesunden ließ, mir Freude brachte.

Ruhig und still war's da im Walde, allein war ich, ungestört von anderen Menschen, doch einsam war ich nicht. Denn die Tiere, meine Brüder, die Pflanzen, Mutter und Vater waren bei mir. Sie umarmte mich, meine Mutter, die Erde, und auch er, der starke kräftige Lebensspender, der da Sonne heißt.

Und ich beschloss, öfters in den Wald zu gehen, denn dort ist die Natur, dort lebt meine Seele, dort wohnt das Leben, da ist ein Teil meiner Heimat.

Geburtstag

Lustig blinkt die Sonne durch das Fenster, schickt ihre Strahlen aus und lacht: Tag ist's geworden, vorbei ist die Nacht, erwacht, meine Kinder, erwacht, reibt euch die Augen, steht auf!

Und die Natur erwacht, das Leben bewegt sich, reckt sich, streckt sich, macht die Augen auf und lacht, freut sich über die Wärme, über das Licht, die alles verzaubern. Auch durch das Fenster dringen ihre Strahlen, streichen über das Gesicht, und ich öffne die Augen, lächele, freue mich und sage: »Sei mir gegrüßt, du schöner Morgen. Sonnig scheinst du mir. Gibt es denn einen besonderen Grund für diesen Schein, dieses Leuchten, diese Wärme? Gestern war es doch so finster.« Und aus der Vergangenheit redet es: »Ein besonderer Tag ist heute, ein froher Tag bricht an, der Tag deiner Geburt hat sich gejährt, Geburtstag ist's.«

Ja, Geburtstag ist's, das Fest, das alle feiern und begrüßen. Doch warum tun sie dieses? Wissen sie es noch oder haben sie es schon vergessen, erinnern sie sich noch an ihre Geburt, ihre Niederkunft? Wissen sie noch, was vor ihr war, was sie vorher taten, wo sie vorher waren?

Tiefes Schweigen entsteht, Schweigen, das vom Unwissen kommt, von Unkenntnis, vom Vergessen.

Nur mancheiner blickt zurück, erinnert sich und in ihm sagt es: So muss es gewesen sein, so war es, so wurde ich geboren.

Einst, vor kurzer Zeit tat auch ich solches, auch ich erinnerte mich, dachte zurück, als ich schrieb, schrieb von dem Licht, das geboren wurde, als ich die Reise sah, die Reise durch den Raum, durch die Zeitlosigkeit, die Reise, in der es nur Zukunft und keine Vergangenheit gab, in der nur das Ziel war und kein Ursprung, kein Anfang. Damals, da hörte ich zum ersten Mal, da rief es »Erde« und »Leben« und »Geburt«, und ich redete zum ersten Mal, formte zum ersten Mal Worte, lachte und sprach: »Geburt, Geburt, ja, geboren werde ich, leben kann ich, oh, die Reise ist zu Ende.«

Erst später lernte ich es wieder: Jedes Ende ist ein neuer Anfang, jeder neue Anfang ein Ende des Alten.

Das alles sehe ich wieder, erlebe ich wieder und freue mich, freue mich über das Unbegreifliche, das Selbstverständliche, das Leben. Ich lebe, atme und denke, denke: Geburtstag ist's, wieder jährt sich die Zeit der Geburt, wieder herrscht Freude, große Freude, Sonnenschein - auch wenn es regnet, schreit und stürmt - in mir leuchtet ein Licht, ein Licht, das alles überstrahlt, ein Licht, das Leben heißt.

Die Überwindung oder Der Übergang

Wieder einmal hörte ich die Musik, hörte zu, fühlte, fühlte den sanften Donner, den zarten weichen Blitz, spürte den Übergang.

Denn, so sage ich euch: »Die Angst ist es, die alles grau macht, ach, zuviel Angst hat der Mensch! Angst erhält, bewahrt Leben, doch auch anderes erhält sie: Kummer, Schmerz und Tränen, unnötige Trauer erhält sie auch. Brüder, macht sie kleiner, werft sie ab, löst euch von ihr, der Angst!«

Denn Angst verkrampft, Angst lässt Denken verlernen, Angst lässt Fühlen Unfühlen werden, Angst macht alles grau. Doch stellt euch vor, ein Leben ohne Angst, ohne Kummer und Sorgen. Nicht solches wie es ist: Angst hat alles vor allem, auch vor Klassen-arbeiten, Zensuren, Prüfungen ist Angst, Angst vor dem Versagen haben alle und durch Angst versagen sie, durch Angst verkrampfen sie sich, durch Angst werden sie krank, durch Angst vor Krankheit werden sie kränker, durch Angst vor dem Tode sterben sie.

Seht, heute, eben hörte ich es, eben spürte ich es: Schön ist der Tod, denn ein neues Leben ist er, ein Abschied und ein Neues, ein Ende und ein An-fang.

Auf dem Boden, da liegt er, der Mensch, doch ängstlich ist er. Verkrampft, voller Angst schaut er in den Tod, wird bleich und verdreht die Augen. Seht dieses Bild, seht ihr es nicht überall?

Doch ich sage euch: »Ändert es, tut anders und ihr werdet anderes sehen! Seid nicht verkrampft, habt keine Angst! Denn Sterben ist nicht schmerz-haft, es sei denn, ihr wollt es so. Ob von dem Alter, ob durch eine Wunde, ob durch Gift am Ende des Lebens, unverkrampft, liebend, das Leben liebend schaue der Mensch den Tod an. Denn seht: Der Tod ist Leben, falsch ist sein Name. Die Angst schuf ihn euch, diesen Namen. Drum verlernt ihr die Angst, so verlernt ihr auch diesen Namen.

Noch immer Trauer werdet ihr empfinden beim Abschied eines Bekannten. Jeder Abschied vom Ge-liebten bringt Tränen. Doch Tränen der Freude sol-len es sein. Freude soll aus euren Blicken sprechen, Freude mit ihm, der da liegt, gespannt auf das, was kommt, freudig, erwartend den Abschied, den Gruß, die Ankunft, die Ankunft in einem neuen Leben. Seid froh, auf dass er noch froher, noch entspannter wird, noch mehr das Leben liebt!

Also hörte ich es heute, also fühlte ich es und dachte: Ruhig, entspannt, freudig erwartend liege ich da und blicke ihm ins Gesicht, die Angst überwunden habend liege ich da und lächle, gebe allen den Segen, die noch in der alten Welt, in der Welt des vorigen Lebens weilen, lächle sie an zum Abschied, die da um mich stehen. Aber noch ist etwas Trauer in meinen Blicken. Denn Abschied bedeutet Tränen.

Und ich höre den Klang, die liebliche Musik, die da fliegen lässt. Näher, immer näher kommt sie. Sehe das Licht, das mir leuchtet, sehe das Licht, das mich führt in die neue Welt, in das neue Leben. Immer froher werden meine Sinne, locker und leicht schon ist die Seele, wartet, wartet auf den Augenblick, wartet auf die Ruhe, wartet auf den Donnerschlag, der milde und zart erklingt.

Und siehe, da wird sie leiser, die Musik, verschwimmt in den Ohren, da verschwimmt die alte Welt, da verschwimmt das alte Lächeln, macht einem neuen Platz. Ein sanftes Dröhnen erreicht die Seele, löst sie von ihrer alten Stätte, löst die letzten Banden an das Alte, bringt sie zum Neuen.

Kurze Zeit ist alles ruhig. Nichts ist zu hören. *Zwischenreich* nenn ich's, wo ich jetzt verweile. Zwischen Altem und Neuem steht es, zwischen dem, was Tod heiß, und dem, was Geburt genannt wird. Doch kurz ist dieses Nichts, was nicht erlebt, erfahren wird.

Gleich danach erklingt schon zart, ganz leise, weit, ganz entfernt noch ein zartes Klingen, ein Glockentönchen, ein kristallener Ton. Einsam ist er noch, doch er ruft nach dem Zweiten, nach dem Partner und wird erhört.

Ein zweiter milder Ton erklingt, doch lauter tönt er, eine Fortsetzung ist er des ersten, des Anfangs, einen dritten ruft er.

Und immer mehr von ihnen versammeln sich, läuten das Neue ein, kommen ihr entgegen, begrüßen sie, sie, die Seele, die da fliegt, schwebt durch den Raum, folgend dem Licht, das sie sicher hält.

Lauter wird die Musik, näher kommt sie, näher ist die Seele dem Ziel. Orgeltöne ertönen, »Kosmische Klänge« nenn ich sie, erklingen, dröhnen mächtig, aufmunternd, erheiternd, tanzend und singend, lassen die Seele schwingen, bewegen und erhellen sie, öffnen ihr die Augen.

Neues, überall Neues sieht sie da, schaut sich um, staunt und freut sich, sagt: »Leben, ach wie schön, ich lebe! Wusste ich doch, dass es nur Leben gibt. Das, was die Alten sagten, ist nicht, aber Leben ist. Leben ist immer, Leben ist ein Kreis. Kein Ende hat der Kreis, auch wenn er nicht immer als Kreis erscheint, wenn da ein Ende scheint, kein Ende ist doch abzusehen. Kreis, das ist ewig. Wenn es auch kein »unendlich« gibt, so gibt es doch ein »ewig«. Nicht unendlich groß ist etwas, nicht unendlich alt wird etwas, doch *Leben ist immer wieder.*«

Einer aber fragte: »Warum aber dann Frieden?«

Nun könnte einer aber fragen: »Wenn doch Leben ein Kreis ist, wenn immer wieder Leben kommt, warum soll man dann nicht töten? Warum willst du nicht, dass Mord und Krieg herrsche?«

107

Bruder, wenn du solches fragst, so frage ich dich: Wie willst du denn die Angst vergessen, wenn Krieg und Mord herrschen, wie willst du denn dann ein glückliches Leben führen? Und wenn du mitten in deinen Werke stehst, bei deiner Lebensaufgabe, und wenn es auch nur das Aufziehen deiner Kinder ist, willst du mitten in deiner Aufgabe gestört werden? Willst du, dass da jemand kommt, dem die Finger kribbeln, der sagt: »Ich töte dich nun, führe dich zum neuen Leben«?

Leben wirst du auch in und nach dem, was da Tod genannt wird. Doch warum immer wieder anfangen, ohne zu enden, ist das nicht schrecklich?

Denn siehe: Ich lehre nicht das ewig Gleiche, das ewig gleiche Leben. Unterschiedlich ist jedes Leben vom anderen. Warum also nicht die Unterschiede erleben? Und im neuen Leben könnte wieder einer sein, der genauso sagt, der sagt: »Du sollst jetzt wieder neu leben, geh weg von dieser Welt!«

Ich hoffe, du hast nun eingesehen, warum ich das Leben lehre, warum ich lehre, »richtig« zu leben. Siehe: Also lehret das Leben sich selber Leben.

Wenn du aber aus freiem Willen aus diesem Leben scheiden willst, dir dieses fest überlegt hast und du deinen Entschluss nicht ändern willst, auch wenn du alles Schöne dieser Erde siehst, so will dich keiner hindern. Es soll aber auch keiner stoßen, wie er* es sagte. Doch wisse, nicht sicher ist es, dass du nach dem, was da Tod heißt, weiterlebst. Drum denke in deiner letzten Sekunde an das Leben, an das, was immer wiederkehrt. Vielleicht lebt nur der weiter,

*: Friedrich Nietzsche.

der so denkt. Ich weiß es nicht, doch auch ich werde solches tun. Alles kann anders sein, als ich sage. Schon deshalb lebe und überlege dir gut, ob du dieses Leben beenden willst. Doch wenn du mich fragst, so sage ich dir: Es gibt keinen Tod, die Angst erfand dieses Wort, die Urangst, die einst zum Schutz diente, die immer noch zum Überleben beiträgt. Doch zu viel Kummer macht sie dem Menschen, zu viel Verkrampfung, zu viel Krankheit.

Tod und Geburt

Als meine Augen sie erblickten, waren sie nicht alleine, mein Herz, mein Gehirn, meine Seele waren bei ihnen, schauten, schauten und versanken in den Bildern, die da vorüberzogen. Und meine Seele wurde traurig, Tränen standen in meinen Augen, Sehen und Fühlen waren eins.

Den Tod sah ich, aber nicht den schnellen Tod, den Tod der Krankheit oder den freien Tod, nein, ich sah ihn in Gestalt eines Ritters: Er musste kämpfen, sollte töten und starb selbst. Hätte er gesiegt und getötet, so wäre sein Leben, seine Liebe, seine Innigst-Geliebte gestorben, durch seinen Streich hätte er sie ermordet. Ausweglos war sein Handeln. Nie würde es Leben bringen, immer nur Tod und den Tod der Liebe.

Doch so wird es nicht sein mit der Menschheit. Nicht zwischen Tod und Tod kann sie wählen. Noch hat sie nicht gewählt, obschon es so scheint, sie hätte sich für den Tod entschieden, sich selbst zerfleischend in Bruderhass und Rachedurst.

So saß ich da und blickte stumm dem Sterbenden zu. Tränen kamen in meine Augen, Tränen aus der Seele, Tränen aus dem Herzen. Waren es Tränen des Wissens oder Tränen über den Tod, über das Sterben, das Unbegreifliche für einen Lebenden, das Verschwinden aus der Welt der Sonne und des Lichts, das Aufhören zu pulsieren, das Ende aller Freude und allen Leides. Doch ist es denn das Ende, der Untergang?

Und so sagte es in mir: Meine Brüder, es gab einen vor mir. Er war der Verkünder, der Verkünder des Lebens. Doch untergehen musste er, denn die Ersten haben noch zu viel vom Alten, als dass sie das Neue erfahren können, so sagte er und wusste, dass er ein Erster war, dass er sterben musste.

Meine Brüder, er lehrte euch den Übermenschen, ich aber lehre euch das Leben. Und ich erzähle euch, was ich fühle, was ich weiß, was meine Heimat mir sagt, auf dass ich es euch weitergebe.

Der Tod, den ihr Tod nennt, ist nicht das, wofür ihr ihn haltet, er ist nicht das Ende. Er wusste es noch nicht, doch er lehrte das Leben ohne Gott, ohne falsche Moral. Ich aber sage: Recht hatte er. Diese Moral ist der Tod, ist Untergang. Wenn es auch noch keinen endgültigen Tod gibt, so doch den Tod für die irdische Lebensform (= das jetzige Leben). Denn der wahre Tod, der Tod, der es verdient, Tod genannt zu werden, kommt erst später, einst, wenn die Welt untergeht, wenn es rot wird und ein Donnern das All erfüllt. Dann, erst dann wird ein Schreien durch den Kosmos gehen, ein Schreien, das *ein* Schrei ist, ein Schreien, das mit einer Stimme spricht. Dann wird das Leben sterben, in welcher Form es auch ist. Dann wird der Tod regieren und Chaos wird allgegenwärtig sein.

Doch als der Film zu Ende war, ging ich hinaus in die Natur, in das Lebende, und meine Gedanken waren noch bei dem Bilde des Todes. Ich setzte mich unter eine Kiefer, die ihre neuen Zapfen bekam und saß so da, geschützt vor dem trüben, dunklen Himmel, der weinte ob seiner Dunkelheit, um mich herum der Gesang der Vögel und die Natur. So saß ich da, zog meinen Kugelschreiber heraus und schrieb, schrieb, denn die Gedanken kamen geflogen, und fangen wollte ich sie im Netze meines Blattes. Und ich dachte: Tränen, Trauer gingen durch mich beim Bilde des Sterbenden. Wer lag dort und sprach, sprach von seiner Liebe, beteuerte sie, gestand sie beim letzten Atemzug? Wer war das?, so durchfuhr es meine Seele, und als ich genauer hinsah, fand ich mich dort liegen an seiner Stelle. Noch war ich mir nicht sicher, war es der Tod überhaupt, der mich trauern ließ oder lag ich wirklich dort? Sterbend, mich opfernd, entflammend in Liebe noch beim letzten Atemzug, in der Liebe zu der Natur, zum Leben, zu den Menschen, die es nicht wert scheinen, dass sich einer für sie opfert. Ja, ich lag da und starb, starb eines freien Todes, eines Todes durch meinen Willen. Ich starb, damit alle leben, so musste es sein. Erfüllen musste ich meine Aufgabe, meine Aufgabe war es zu sterben, um alle anderen zu retten, und doch tat ich's aus freiem Willen. Verglüht war ich in der Sonne, im leuchtenden Lichte, in dem Lichte, das zeigt, dass die Asche nicht das Ende, sondern der Anfang zu neuem Leben ist.

Und alle anderen freuten sich, tanzten und sangen nicht, weil ich gestorben, nein, weil sie neu geboren, immer noch leben.

Denn also lehrte er einst und lehrte ich einst, wie auch schon ein anderer lehrte, der, mit dem unsere Zeitrechnung begann: »Lasst eure Toten liegen und folgt dem Leben, lebt! Trauert nicht um die, die von euch gegangen, freut euch über die, die zu euch kommen!«

So lehrten wir drei, und so handelte der Mensch zum ersten Male, zum ersten Male richtig. Die drohende Katastrophe war abgewendet, alle lebten, nur einer war gestorben, so dachte ich, denn der eine war ich.

Und da wunderte ich mich, warum ich dachte, und erinnerte mich eines Wortes, das ich einst las, wunderte mich, dass ich mich wunderte. Denn es lautete: *Cogito ergo sum*. Und es geschah, dass eine Stimme dröhnend sprach: »Ja, so ist es! Du lebst. Sieh selbst!«

Und ich sah hin, erblickte mich, eingehüllt in eine Membran, als Schutz vor dem mir »Feindlichen«, ein Embryo, durch den Raum fliegend, lachend und sich freuend über die neue Geburt.

Eine Offenbarung

Eines Tages aber erschien er mir, kam zu mir und sprach: »Oh nein, ich bin nicht tot. Wenn ich es auch dachte, ich bin es nicht. Denn siehe, ich spreche, ich denke, also lebe ich.

Aber höre, ich habe dir etwas zu sagen, ich muss zu dir reden, höre mir zu. Wichtig für dich ist es nicht, doch frei sein davon möchte ich: Mein Bruder, recht hast du, wenn du sagst: Es gibt einen Sinn. Denn sich selber Sinn ist das Leben. Also fand auch ich, doch erst als ich sah, dass ich geirrt, dass vieles falsch, was ich gedacht.

Oh, meine Zeit war es, die mich zum Falschen trieb, die Zeit war mächtiger als ich. Also musste ich zerbrechen an dem, was ich schrieb, was nicht mein Selbst war, was nicht wahr ist.

Also musste ich zerbrechen an der Sinnlosigkeit, an der ewigen Wiederkehr des Gleichen, des Kleinen. Mit ihr, der Sinnlosigkeit kann kein Leben leben, denn das Leben ist Sinn. Ohne-Sinn ist mir also Ohne-Leben, keinen Sinn sagen ist kein Leben haben.

Verzeih mir, Bruder, verzeih, dass ich solches gedacht, doch zwei Zwecke hat es doch. Den einen: die alte Moral neu zu überdenken, denn sie war falsch für mich, und sie ist es auch für dich. Den anderen: eine neue Moral zu schaffen.

Drum danke ich dir, denn du, der du meinen Namen trägst, bist auch gleichen Geistes. Nun denkst du recht, denkst du den Sinn, der da, während ich den Unsinn dachte, der nicht vorhanden. Also auf, tue das, was ich schon wollte, was ich wollte, um der Sinnlosigkeit einen Sinn zu geben! Tue du dieses, um den Sinn zum Sinn erstrahlen zu lassen, um den Sinn LEBEN zu verkünden! Schaffe du eine neue Moral, verkünde sie!

Und ich fühle Freude in mir, fühle Gelingen, denn du bist mein Kind, mein erstes Kind. Du bist der Anfang zu einer neuen Welt.«

Jedes Ende ist ein Anfang

Viele sagen: »Am Anfang war nichts, Chaos. Dann schuf Gott die Welt, dann gab es den Urknall. Einst wird alles anders sein, wird der große Untergang sein.«

Ich aber sage euch: Es gibt keinen Anfang, der nicht auch ein Ende ist. Jedes Ende ist ein Anfang.

Immer wenn Neues geschaffen wird, geht Altes zu Bruch. Doch auch der Untergang, der letzte Atemzug des Kosmos ist nicht der letzte. Im Untergang ist zugleich ein neuer Anfang, in diesem Anfang ist ein neues Ende. Auch dies ist eine Lehre der ewigen Wiederkehr, des Wechsels zwischen Chaos und Kosmos, doch ist es nicht die ewige Wiederkehr des Gleichen, des Genau-Gleichen, sondern nur des Gleichen, insofern es immer Kosmos und Chaos sind, indem immer wieder Tod und Leben ablösen. Auch andere Zeiten mögen dazwischen liegen, mögen auf den Untergang folgen, doch irgendwann wird wieder Leben sein, Leben, das denkt und zu diesen Worten findet, sich freut und schafft, fühlt und schreibt, schreibt über sich selbst.

Ich aber lehre euch, zeige euch

Und wenn ihr mich immer noch fragen solltet: »Sag, was willst du mit deinen Worten, mit deinen Tönen? Undeutlich klingen sie in unseren Ohren. Wo ist die Melodie, die Führung, der führende Gedanke, das Motiv?«

So werde ich euch antworten: »Oh, meine Brüder, ich lehre euch das Leben. Lernt zu leben! Lernt, was das Leben ist! Erkennt es und handelt danach!«

Und ihr werdet mir verwundert antworten: »Bruder, wir leben doch! Siehst du nicht, dass wir leben? Fühle uns an, greife uns am Arm, fühle das Fleisch! Sieh, wie wir atmen! Höre, wie wir sprechen! Schau, wie wir handeln! Wie sollten wir nicht leben, sind wir denn tot?« So sprecht ihr.

Ihr wollt, dass ich euch am Arm ergreife, um zu fühlen, dass euer Puls noch schlägt, um zu hören, dass ihr lebt. Zu schnell schlägt er, euer Puls, nicht im Gleichmaß mit dem Puls des Kosmos, des Lebens. Doch ich fasse euch nicht am Arm. Oh, brauchte ich euch nur am Arm zu fassen. Aber ich fasse euch an der Hand, muss euch führen, denn ihr seid blind, seht nicht, und doch glaubt ihr zu sehen. Ach wäret ihr doch wahrhaft blind. Dann wüsstet ihr, dass ihr nichts seht, dass ihr blind seid.

Doch ihr wisst es nicht, ihr täuscht euch selbst, ihr wollt es nicht wahrhaben, dass ihr nicht Lebewesen, sondern Todeswesen seid. Aber ach, die Erlösung, den neuen Anfang im »Tode« kennt ihr nicht. Unlebende seid ihr und welche, die den Tod mit sich herumführen, ihn in ihren Taschen und anderen Hohlräumen versteckt haben, dort, wo der Geist sein sollte, wo das sein sollte, was ihr selbst Gehirn nennt. Nur an Mord und Totschlag denkt ihr, wenn ihr vom Leben sprecht, von Frieden redet. Nennt ihr etwa *das* Leben, wovon ihr redet. Weder wisst ihr zu leben, noch wisst ihr, was Leben ist. Ihr beruft euch auf die, die etwas Verstand haben, aber ihn nicht gebrauchen, falsch gebrauchen, nicht für das leben, sondern gegen das Leben. Sie sagen euch: »Leben ist, wenn das Herz schlägt.« Mediziner, Ärzte nennt ihr sie. Blutsauger und Quacksalber könnten sie auch heißen, denn sie denken: eine Pille für dieses Weh, eine Pille für jenes, hier und da eine kleine Spritze und eine Operation halten gesund und lange jung. Auch andere gibt es, zu denen auch ich bald zähle. Doch diese anderen sind anders als ich, sie sagen euch: »Leben ist, wenn das Gehirn noch am Leben ist. Tod ist, wenn es zwanzig Minuten tot ist.«

Oh, ihr, die ich »dummes Volk« genannt habe, euch fehlt die Fähigkeit zu denken, genau wie denen, die vom Gehirn reden und sich Forschende, Naturwissenschaftler nennen.

Aber warum glaubt ihr alles, was andere euch sagen? Warum glaubt ihr einem, der ist wie ihr, nur weil er sich Doktor nennt? Ist er denn klüger als ihr? An Wissen mag er euch überlegen sein, euch, die ihr euch Volk nennt, doch ob er denken kann, denken in der kosmischen Art, das Denken des Lebens gelernt hat, das fragt ihr euch nicht.

Wenn ich euch so sehe, verliere ich allen guten Willen, Pessimist möchte ich dann werden, der da sagt: »Alles ist schlecht, alles geht schlecht, es gibt keine Änderung zum Guten, der Mensch tötet sich selbst, ihn ist es nicht genug, seine Brüder, die Tiere und Pflanzen abzuschlachten, er hat erkannt, dass es doch viel mehr Wesen bei seiner Gattung gibt, viel mehr zum Abschlachten. Was soll er auch niedermetzeln, wenn er alles Getier ausgerottet hat? Und töten, das will er.

Zum Pessimisten wird der Optimist, wenn er euch sieht. Lernt ihr denn nie denken, braucht ihr immer Führer? Einst tatet ihr, was die Kirche sagte, was die Fürsten sagten, jetzt tut ihr, was die Gelehrten - die besser die Geleerten hießen - die Partei und der Staat sagen. Zeitung und Fernsehen, Bücher und Rundfunk dirigieren *euch*, nicht *ihr* sie.

Denn es ist die Zeit, in der der Mensch an die Technik angepasst werden soll, nicht die Technik an den Menschen. Nur Geld zählt, Verstand nur, wenn er Geld bringt, anderes ist unerwünscht, überflüssig. Der Einzelne ist ein Nichts. Er wird zertrampelt, überschrien. Nur die Masse redet, sagt, glaubt zu reden. Denn in Wahrheit wird sie geredet von denen, die die Führer sind, sich nur nicht mehr so nennen.

Nach der großen Stunde

Doch was rede ich. Ihr schweigt, sagt nichts, seid stumm, bleibt stumm wie immer, wenn es ums Denken geht, ums Fühlen. Ihr versteht nichts, schaut euch an, seid sicher zu leben, lacht, lacht über mich oder wundert euch, wundert euch und vergesst. Aber ich weiß es, wusste es schon vorher. Friedrich hat es vergebens versucht. Nichts hat sich geändert. Auch ich werde es vergebens tun, werde vergebens mahnen, schreiben. Einige unter euch werden verstehen, werden alles verstehen. Aber das wird alles sein: nur Verstehen, kein Handeln wird erfolgen.

Ich sehe: So geht es nicht. Es muss doch die Große Stunde kommen, die Stunde, ab der alles anders wird, die Stunde, die zuerst mich verändert, auf dass ihr verändert werdet. Denn selbst könnt ihr es nicht, wollt ihr es nicht.

Nach der Großen Stunde kommt das Große Schaffen, der Große Wandel, und eine neue Welt wird entstehen. Sollte auch dieses nicht gelingen, so werdet ihr untergehen, untergehen noch in einer Zeit, untergehen ehe es euch, ehe es uns bestimmt ist.

Leer und öde wird es dann sein auf Erden, an der Stelle, wo einst die Erde war. Einsam und verlassen rast dann der Rest des Sonnensystems durch das All. Und die Pessimisten hatten recht, wenn sie sagten: »Sinnlos und zwecklos ist alles. Der Mensch ändert sich nicht.«

Doch ich bin ein optimistischer Mensch, und ich bin voller Zuversicht, voller Hoffnung auf eine neue Welt, wenn ich sage: Lernt zu leben, werdet Mensch, lernt zu fühlen, atmet und lebt im rechten Takte, werdet wieder Wesen, Lebewesen, kommt mit der Natur in Einklang, und ihr lernt wieder fühlen und denken, empfinden die große Einheit von Raum und Leben. Einige unter euch sind auf dem rechten Weg, waren schon immer auf dem rechten Weg, denken an das Wesentliche, nicht nur an Alltagsprobleme, aber einige sind zu wenig, einige gehen in der Masse unter.

Zukünftige Zeiten sehe ich heraufziehen. Die große Stunde sehe ich, und ab der großen Stunde kommt der große Wandel, die neue Welt, anders wird sie sein, ganz anders als je zuvor.

Heute, gestern und morgen

Leise klingt die Musik, und langsam wiegen sich zwei Liebende im Takte, werden eins, lächeln sich an. Ihre Augen strahlen, werden Sterne, die sagen: Wie schön ist dieser Augenblick, möge er doch nie vergehen!

Ich aber sehe ihnen zu, freue mich, schaue in ihre strahlenden Augen, werde selbst Liebender und sehe Sonnen, sehe die aufgehende Sonne in seinem Lichterglanz, der den neuen Tag verkündet und spricht: Es werde Morgen!

Und es wird Morgen, denn es gibt ein Morgen.

3

Die große Stunde - Menschwerdung

Einst ging er
stolz und aufrecht,
doch dann konnte er nur noch kriechen.

Jetzt aber lernt er zu fliegen,
er, der Mensch,
der Neue Mensch.

1. Die große Stunde

Geburtstag ist's.

Freude herrschte, wenn auch nur in kleinen Mengen, aber doch Freude, Freude wie jedes Jahr. Denn es war der 27. Dezember, der Tag meiner Geburt, der Tag, an dem sie sich jedes Jahr wiederholte, ein Feiertag für mich, ein Freudentag. Und abends kurz vor 24.00 Uhr lag ich zu Bett, dachte nach über den Tag, dachte nach, was ich geleistet hatte. Doch irgendwann, irgendwann danach hörte das Denken auf, hörte die Erinnerung auf, fielen die Augen zu, und seliger Schlaf ergriff mich.

Da aber träumte mir, ich sähe ein Licht, ein Licht, das keines war und doch strahlte, heller als 1000 Sonnen. Blau war sein Schein, blau und doch wieder nicht blau. Weiß strahlte es, und alles wendete sich ab von dem strahlendem Glanze, dem Blendenden und Zerstrahlendem. Auch ich wandte mich ab, mit den Händen die Augen bedeckend, floh vor dem Anblick. Doch in mir sagte es: Schaue, schaue in das Licht, mein Bruder, schaue hinein, denn dies ist der große Augenblick. Wenn du jetzt nicht schaust, so wirst du nicht mehr lange schauen.

Und ich drehte mich um, ließ meine Hände her-untersinken und schaute. Wie ein Blitz schossen mir da die Strahlen in die Augen, doch keinen Schmerz verspürte ich, keine Angst, keine Blindheit, kein Blenden. Nur Wärme durchströmte mich, Wärme und Liebe, und ich fühlte Glück, Lebensfreude und Geborgenheit.

Und dann hörte ich eine Stimme, die sang. Eine hohe, eine zarte Stimme, eine weibliche Stimme war es. Eine andere Sprache erklang, aber ich hörte zu, ich musste zuhören. Aus dem Undeutlichen wurde Deutliches, aus dem Klang, den Tönen, wurden Wor-te. Und ich atmete sie ein, atmete sie ein wie neue Lebenskraft, wie Gesundheit, wie Leben. Und ich verstand, verstand den Sinn der Worte, den Inhalt, die Mitteilung.

Und aus den Strahlen kamen Worte, ertönten die Worte: »Mein Bruder, die Stunde ist da, die große Stunde, die Zeit ist gekommen, auf die du gewartet hast. Jetzt wirst du das sein, was du schon lange wolltest, jetzt wirst du sie empfangen, sie, die Segen und Verderben sein kann, sie, die große Freude, die große Überwindung, jetzt wird sie dich durchströ-men. Krankheit und Tod wirst du nun nicht mehr kennen für lange Zeit, für sehr lange Zeit. Jetzt aber solltest du dein Werk verrichten, deine Aufgabe er-füllen, die Aufgabe, die auch meine ist, die Aufgabe, die unsere sein wird, die Aufgabe, die du jetzt im Kleinen verrichten wirst, die Aufgabe, den Frieden zu verbreiten. Dazu diene dir diese Kraft, denn sie ist die Überwindung des Todes, sie ist die, die ihr

Unsterblichkeit nennt und die dir hiermit verliehen sei, auf dass du den Menschen den Frieden bringst, sie vereinigst und alsdann in die Heimat aufbrichst, hinaus in das Schimmernde, hinaus in deine Vergangenheit und deine Zukunft, hinaus in die Heimat, wo du und ich, wo wir beide zu Hause sind.«

Und ich fühlte Brennen in mir, ein Feuer, wie das einer Sonne. Erst ergriff es meinen Körper, meine Glieder und dann meinen Kopf, mein Gehirn. An nichts konnte ich mehr denken, Feuer war ich, Brennendes, Glühendes, Leuchtendes. Und ich versank in tiefer Ohnmacht.

Und als es mich verließ, war alles anders.

Am nächsten Morgen, da wusste ich, es war kein Traum, keine verarbeitete Vergangenheit, Gegenwart war es, ich hatte es erlebt. Mein Traum hatte sich erfüllt. Noch war etwas Zweifel in mir, aber ich fühlte ungeahnte Kräfte und fühlte mich gesund und jung. Ein neuer Mensch war ich geworden.

2. Das Licht erleuchtete - Aus heiterem Himmel

Einst aber sprach einer: »Bald wird das Jüngste Gericht kommen und nur die Gläubigen, die dem wahren Gott folgen, werden erlöst werden, erlöst von der Qual des irdischen Daseins.«

Überall war Alltagsleben, hetzten die Menschen zur Arbeit, lagen faul in der Sonne, schimpften über Schulaufgaben. Es war kein besonderer Tag und doch sollte etwas Besonderes eintreten, sollte das Besondere geschehen, sollte die alte Zeit zu Ende gehen. Denn es war der Tag, an dem das Licht erleuchtete.

Alltagssorgen trieben die Menschen, verzettelten sie in Unwichtigkeiten, ließen sie das Leben, seinen Sinn vergessen. Nur an Geld, »Liebe«, Saufen dachten sie. Das war die Hauptsache, alles andere unwichtig.

Ein Mensch aber hatte sich gewandelt, er hatte die große Stunde erlebt, die Stunde des ewigen Lebens, die Stunde, in der er unsterblich wurde. Doch er wartete auf den Umschwung, auf die Stunde, in der die Unsterblichkeit ihm dienen sollte, dienen zur Lehre des Lebens, der Liebe und des Friedens. Er war eins mit dem Kosmos. Aber alle anderen Menschen? Sie waren Maschinen, Maschinen, die arbeiteten, wenn man Geld in sie warf. Sie hatten den Sinn des Daseins - das Leben - aus den Augen verloren. Und wenn einer ihn lehrte, so taten sie aufmerksam, hörten hin, doch vergaßen beinahe noch schneller als sie erfassten.

Doch plötzlich, es war in der Mittagszeit, wurde es hell am Horizont, heller als gewöhnlich. In den Ländern, die auf der Sonnenseite der Erde lagen, fiel es weiter nicht auf, aber dort, wo es Nacht war, erwachte alles, schlug die Augen auf und wunderte sich. Doch der Himmel wurde wieder schwarz, und die Schattenseitler beruhigten sich, legten sich wieder schlafen, dachten, es wäre ein Traum. Doch jetzt wunderten sich die Tagseitler. Wieso war es denn plötzlich so dunkel geworden, wo es doch eben noch so hell war? Ratlosigkeit zeigte sich in ihren Gesichtern und etwas Angst. Denn wo Unwissen ist, wo Neuheit ist, herrscht Angst bei denen, die nur in der Gewohnheit sicher sich fühlen.

Nur einer unter ihnen erkannte, wusste, was da geschah. Er trat aus dem Haus, schaute zum Himmel und sprach: »Ach, wie habe ich auf dich gewartet, du goldener Mittag, der du so schwarz erscheinst, wie groß war meine Sehnsucht nach dir. Dank euch allen, die ihn brachten, die es Licht und Dunkelheit werden ließen. Dank euch. Denn die Neue Zeit bricht an. Die Zeit des Lebens, der Liebe und des Friedens. Ewig wird er nun herrschen, der Friede, ewig, wie ich es einst dachte. *Pax aeterna* nannte ich dich damals. »Ewiger Friede« sollst du heißen.«

Bei diesen Worten leuchtete ein blaues Licht am Himmel auf, leuchtete und wurde auf allen Seiten der Erde gesehen, wurde gesehen und verbreitete Schrecken. Denn alles fürchtete um sein Habe, fürchtete um sein Leben. Und es schrie: »Das Jüngste Gericht ist gekommen. Allah behüte uns! Wo ist unser Führer? Es gibt keine Götter!«

So schrie es durcheinander, in allen Sprachen, in allen Religionen, in allen Staatsformen, und die Vielfalt, die Uneinheit des Menschen wurde sichtbar und seine Angst, sein schlechtes Gewissen.

Auf die Knie warfen sich die »Gläubigen«, auf den Knien saßen sie, auf dem Boden lagen sie und beteten, beteten um ihre Seelen.

Und die Staaten, was tun sie? So dachten die Staatsgläubigen und liefen aufgeregt umher, schrien nach der Polizei und dem Militär, schrien aus Leibeskräften, schrien: »Es muss etwas geschehen! Das Licht muss weg!«

Der eine aber sah auf die Straße, und die Masse sah ihn, sah ihn ruhig stehen, rief, schrie: »Warum stehst du da? Warum betest du nicht? Warum tust du nichts? Warum lachst du nur?«

Aber der eine lachte nur noch mehr, lachte über die kleinen Würmchen, die weniger waren als irgendein anderes Wesen auf der Erde, lachte über ihre Verzweiflung und ihre Angst und weinte zugleich, weinte große Tränen, Tränen der Trauer, der tiefen Trauer über die Kleinheit seiner Brüder, die Armseligkeit des Menschen. Wieder musste er ihm rechtgeben, ihm, der da sagte: Da aber sah ich den letzten Menschen. Nie wollte er ganz wahrhaben, dass sein Zeitgenosse es schon war. Doch jetzt liegt dieser vor ihm, liegt im Staub, zappelt verzweifelt, kriecht herum, zieht seine Waffe und zielt auf das Licht.

Schon raffen sie sich zur Verzweiflungstat auf, sinnen auf Mord, wollen ihn niedermetzeln. Denn sie haben erkannt, dass da ein Mensch steht, jemand, der nicht Masse ist.

3. Das blaue Licht

Doch plötzlich wurde alles still, erlöschte alles in der Bewegung, legte sich die Aufregung, erstarrten die Finger an den Abzügen der Revolver, wurde alles ruhig.

Der Himmel tat sich auf, und eine blaue Wolke senkte sich nieder, umhüllte mich - denn der eine, das war ich - hob mich hinauf, hinauf in die Klarheit. Ein leichter Schwindel überfiel mich, hüllte mich sanft ein, warf zarte Schleier über meine Augen.

Als ich erwachte, fand ich mich in einem riesigen Raum unbekannter Art. Merkwürdig leer war er, dunkel und verlassen. Verwundert blickte ich mich um, fragte.

Alles blieb still, so still wie es eben war, als ich emporschwebte. Ich stand auf und dachte: Wäre es doch hell hier im Raum. Und es wurde hell, erleuchtete den Saal, den roten Saal, der mich empfangen hatte. Hinter mir stand ein Dreieck, eine Pyramide mit vielen Kugeln. Ich erkannte sie wieder. Es war mein neues Zeichen, das Zeichen, welches von Kosmos, Sol und Terra erzählt. Doch wie kam es hierher? Wie kam das Irdische in das fremde Etwas, das Unbekannte, in dem ich mich befand? Nirgends war eine Tür zu sehen. Aber kaum dachte ich an das Hinausgehen, da war ich auch schon außerhalb des roten Raumes, gelangte in einen Saal, der schimmerte, der glänzte, der blendete. Ich schloss meine Augen vor den blendenden Strahlen, gewöhnte mich nur langsam an das Licht, das blaue Licht. Ja, es war wieder da, es hatte mich wiedergefunden, das blaue Licht, das Licht der großen Stunde, das Licht des ewigen Lebens.

Und es sang, sang, machte mich sehend, die Augen öffnete ich, sah erst jetzt meine Umgebung, sah sie und freute mich, freute mich über den Anblick, der sich mir da bot. Denn ich sah die Erde, die Erde um die Sonne kreisend, das Sonnensystem, unser Sonnensystem, sah, wie es von ihm, dem blauen Licht bestrahlt wurde, sah, wie der Frieden einkehrte auf der Erde, wie die Waffen schmolzen, wie die Gedanken an Krieg Vergangenheit wurden, wie die Liebe unter den Menschen sich ausbreitete, wie alles sang, erwachte aus der Trostlosigkeit der Jahrtausende. Ich sah, wie der Neue Mensch geboren wurde.

Der Neue Mensch, *Homo sapiens amans*, der kluge Mensch, der liebende Mensch, das war seine Geburtsstunde. Welch ein erhabener Anblick!

Tränen standen in meinen Augen. Ich weinte, freute mich, dass ich weinte, denn diesmal nicht aus Scham, diesmal aus Freude, aus Liebe zum Menschen.

Da sagte es schon von irgendwoher: »Sieh, mein Bruder, sieh die Menschen, sieh, wie sie entstehen, wie sie geboren werden. Sieh ihre Augen an, die wie Feuer sprühen, die das Feuer der Liebe ausstrahlen. Schau, wie sie sich umarmen, wie sie tanzen! Freue dich! Auch der Mensch hat nun seine große Stunde, auch deine Brüder leben nun, sind aufgewacht aus dem Schlafe der Krankheit und der Dummheit, des Krieges und der Armseligkeit. Sieh, wie er erstrahlt, wie er hochschaut, dankend, liebend, zu uns, zu dem blauen Licht, das gekommen ist, auf dass sich alte Sehnsüchte des Menschen erfüllen, auf dass die Prophezeiung erfüllt werde, die Prophezeiung einer Neuen Welt. Du weißt es auch: Das Jahr Null hat begonnen. Eine Neue Ära ist angebrochen.«

Ich aber dachte: Es ist meine Stimme, die da redet. Nur mein Mund kann solche Worte sprechen. Aber meine Farbe ist das Rot, bin ich denn blau geworden? Bei diesen Gedanken hielt ich den Kopf gesenkt, schaute nicht um mich, sah nicht, was um mich herum vorging, sah nicht, wer mich betrachtete, sah sie nicht, die da stand und wartete.

Nun hob ich erst den Kopf und erstarrte, erstarrte vor Glück, vor vollkommenem Glück und sagte nur ein Wort: »Du!?«

Und sie sagte: »Ja, ich!«

Ich aber stand noch immer da, konnte es nicht fassen, konnte nicht glauben, dass einem Wesen so viel Glück an einem Tag beschert werden kann, stand da und schaute, schaute ihr in die Augen, ihr, die in ihrer Schönheit dastand, mit erhobenem Haupt, hellem goldenen Haar und strahlenden Augen, Augen, die Licht waren, blaues Licht.

Sie betrachtete mich noch immer und sprach:

»Du bist es, ja, ich erkenne dich, du bist es.«

Das war alles, was sie sagte. Denn wir gingen aufeinander zu, kamen uns immer näher, schauten uns in die Augen, schauten in den anderen, umarmten uns, wurden zum ersten Mal eins.

Dann schaute sie mich an, noch einmal, ließ den Mund geschlossen, sprach mit mir, ohne mit mir zu reden, sprach in Gedanken. Und ich hörte sie, nahm sie in mich auf, begriff ihren Sinn: »Einst hörte ich eine Stimme, die mir sagte: Schwester, brich auf ins All, denn die Zeit ist gekommen, die dir bestimmt. Du sollst es sein, die ewig lebt, die bis ans Ende der Welt, bis ans Ende des Kosmos lebt. Doch nicht allein sollst du leben. Brich auf, Schwester, finde ihn, ihn, der für dich bestimmt, triff ihn zum ersten und zum zweiten Mal, auf dass du später beim dritten Mal er wirst und er du wirst. So redete es einst zu mir und gab mir Kraft, Kraft hierherzukommen.

Nachts darauf erschien mir ein rotes Licht, das sprach genauso, gab mir das ewige Leben, gab mir die Unsterblichkeit und führte mich. Also gelangte ich hierher, erschien dir im Schlafe, gab sie weiter, gab dir die Unsterblichkeit, die ich erhalten, gab sie dir und erschien dir so zum ersten Mal. Jetzt siehst du mich zum zweiten Mal, sahst mich zum zweiten Male, auf dass die Erde Frieden habe, Liebe herrsche und Leben für lange Zeit. Das war mein Auftrag, das musste ich tun, das wollte ich tun.«

Und sie streckte mir die Hände entgegen, wollte nach mir greifen, entschwand, wurde nichts, war nicht mehr Körper, war nicht mehr da.

Ich aber lag auf einer grünen Wiese und dachte: Deshalb kenne ich dich also, deshalb habe ich dich gleich erkannt. Irgendwann damals war ich bei dir, gab dir das ewige Leben, sah dich zum ersten Male. Nun sah ich dich zum zweiten Mal. Oh, wann werden wir uns zum dritten Mal begegnen!?

Glück und Zufriedenheit erleuchtete meine Seele, als er, der Neue Mensch auf der Wiese angesprungen kam und fragte: »Weißt du es schon, Bruder? Eine Neue Zeit hat begonnen. Komm, singe, springe, tanz mit mir!«

4. Die Stunde der Freude

Freude ist
Kind-sein,
Spiel, Ausgelassenheit
und Frohsinn.

Und schon fassten wir uns an den Händen, sprangen fröhlich durch das grüne Gras und sangen, sangen ein Lied der Freude, tanzten und waren glücklich, sangen:

»Was ist das, was war?
Die Hölle, das Übel, das Unleben.
Was ist das, was ist?
Das Paradies, das Frohe, das Leben.«

Drum singt, springt, tanzt und freut euch!, denn das Leben ist wiedererstanden, ist auferstanden von den Toten, gekommen zu den Lebenden. Tuet, was einer damals sagte: Lasset die Toten liegen, lasst die Vergangenheit Vergangenheit sein, denn sie ist tot!

Eine Neue Ära ist angebrochen, ein neuer Anfang ist. Und jeder Anfang ist ein Ende, ein Ende des Alten. Singet, springet, tanzet und freuet euch, denn was ist das, was ist?

Das Paradies, das Frohe, das Leben ist.

Und alles tanzte mit uns, freute sich. Die Vögel jubilierten, begleiteten unsere Stimmen, flogen im Takte mit, die Ameisen sprangen und hüpften froh mit ihren Lasten dahin, die ganze Tierwelt lachte, denn jetzt war die Stunde des Friedens. Jetzt herrschte überall Frieden, herrschte kein Fressen und Gefressenwerden, jetzt hatte keiner Hunger. Jetzt gab es keine Bedürfnisse, nur die: zu springen, zu tanzen und zu singen. Selbst die Pflanzen umfassten sich, griffen sich an den Zweigen und bewegten sich, schwankten und wankten im Takte der Freude, denn jetzt war die Stunde der Freude.

So sprangen wir beide weiter, kamen zu einem Hügel, gesellten uns zu den anderen Brüdern, bildeten einen Kreis, den Erdenkreis und drehten uns, drehten uns im Kreise, im Kreise des Neuen, des Fröhlichen, das einmal entstanden nicht endet, Kreis ist, trennten uns und erhoben uns in die Luft, flogen, glitten durch die Frische, wurden still und freuten uns, erhoben in der Luft, schwebend, ruhig und ohne Angst, sahen hinab und sahen Freude, sahen überall Freude, Freude, die Jahrtausende, Jahrmillionen nicht da, verborgen. Jetzt trat sie ans Freie, kam heraus, verwandelte alles, machte alles strahlend und glänzend. Und wir schauten hinauf, sahen Freude, sahen die Vögel tanzen, sahen überall Tanz und Lachen. Und ich blickte mich um und weinte, weinte vor Freude, denn ich sah in die Augen, in die Augen des Menschen, den ich einst gelehrt, sah in die Augen des Neuen Menschen, des Menschen, der wissend, fröhlich, tanzend und lachend, sah in die Augen des liebenden Menschen, sah den Glanz seiner Augen und war glücklich, glücklich über das Glück der Erde.

5. Die neue Welt

Staunend steht der Schaffende vor seinem Werke, staunend und ehrfürchtig betrachtet er es und spricht: »Habe ich dies alles geschaffen?«

Doch die Stunde des Friedens, der Frieden in der Natur dauerte nicht ewig. Bald herrschten in ihr wieder die Naturgesetze. Aber von allen Hügeln, von allen Bergen, aus allen Wäldern erklang es: »Wir sind die Neuen Menschen! Singe es weiter, verkünde es weiter! Eine Neue Zeit ist angebrochen, die Zeit des Neuen Menschen, der da der Liebende genannt wird.«

Ich aber stand hoch oben, sah hinab, doch nicht wie ein Erhabener über Unerhabenes, nein, wie ein Erhabener über Gleich-Erhabene, freute mich meines Werkes und sprach: »Eine Neue Welt ist geschaffen, eine Neue Welt ist. Wer hätte damals geglaubt, dass so etwas möglich ist, damals in der Zeit des Krieges und der Not. Brüder, das Paradies ist geschaffen, ihr habt mich gewählt, die Arbeit, den Aufbau, das Weiterleben zu leiten. Wohlan, so soll es sein! Doch in Kürze wählt euch einen anderen, der mein Werk weiterführt, versteht!

Dann habe ich getan, was mir verkündet. Es ist dann die Zeit gekommen, dass ich aufbreche zum ersten Mal in meine Heimat, in unsere Heimat, das All. Wählet dann die Besten aus, gebt sie aus eurer Mitte, auf dass die erste Fahrt ins All gelinge. Verabschiedet euch von ihnen! Ich danke euch, meine Brüder, dass ihr so seid. Lasst uns dann ein Schiff bauen zum Aufbruch ins All.

Doch nun lasst uns an die Arbeit gehen, denn Arbeit ist Glück, wenn sie vom Herzen kommt, vom Willen geleitet ist. Die höchste Arbeit aber ist das Schaffen. Schaut, seht mich an, und ihr seht das höchste Glück!«

4

Im All

Ruhelos ist der Geist des Forschenden, ruhelos der Geist des Schaffenden. Ihn freut nur das Werden, das Entstehen. Langweilig ist für ihn das Sein.

Der Mensch, der alt, wundert sich und spricht: Wo ist mein Leben? Wo ist die Zeit? Wurde ich nicht eben erst geboren? Warum soll ich jetzt schon sterben?

Doch vor der Abfahrt, vor der Reise kam der große Aufbau. Und ich ging durch die Erdteile, sah alles Leben, lernte die Erde kennen, kannte meine Mutter endlich, sah all ihre Gesichter und behielt alles im Gedächtnis.

1. Der Aufbruch

Und wir stiegen in das Schiff, das kein Schiff war. Milliarden Augen waren mit uns, dabei bei diesem Geschehen, beobachteten uns, waren gespannt, aufgeregt, freuten sich und sahen auf den Schirm ihres Fernsehers, schauten zum Startplatz aus den Bullaugen, aus den Glaswänden der Unterwasserstadt und warteten auf den großen Augenblick für die Menschheit, auf den Start des Raumschiffs ins All. Nicht der erste war es. Viele gab es schon in der Zeit der Aggression und des Krieges. Doch diese waren Fahrten ins Gewisse, geplant, berechnet, und sie gingen nicht ins All, sondern endeten alle im Plasmabereich des großen Vaters, des Leuchtenden, der Sonne. Darüber hinaus kamen sie nicht. Doch jetzt sollte es ins Ungewisse gehen, in die Heimat, in das Bekannte. Denn auf der Erde war alles zur Zufriedenheit geregelt.

Nun war die Zeit für mich gekommen, nun war die Zeit für die Menschheit gekommen, der Aufbruch ins All, in die Heimat, die große Wende, die Erforschung der Heimat. Aber nur wenige nahmen daran teil, nur wenige durften es, und die übrige Menschheit sah dies ein. Von allen Wissensgebieten die Fähigsten, Frauen, Männer, Kinder mit allen möglichen Begabungen waren dabei, aber insgesamt nur wenige, denn die Erde brauchte sie noch mehr.

Ja, ich hatte das Unternehmen geplant und leitete es. Der Traum der Menschheit sollte nun in Erfüllung gehen, eine Reise ins All, eine Reise ohne Verbindung mit der Erde, falls der Abstand zu groß würde, eine Reise zur Erforschung anderen Lebens, zur Kontaktaufnahme, zum Lernen und Lehren, zum Friedenbringen, zum Schauen, zum Fühlen, zum Wissen.

Der große Augenblick ist da: der Start.

2. Klein wird sie, immer kleiner

Froh gelaunt ist alles, freudig und voller Erwartung, wie am Anfang jeder Reise. Nur *diese* Reise ist ein Aufbruch, ein erster Ausflug ins All, in die Heimat aller Wesen. Viele Jahre soll sie dauern, denn in die Milchstraße soll sie gehen. Froh gelaunt ist alles, fröhlich blicken sie in die Zukunft, schaue ich in die Zukunft, erwarten wir das Kommende. Doch Tränen stehen uns in den Augen, Tränen des Abschieds, Tränen des Heimwehs, des Wehs um die Mutter. Traurig blicken wir zurück, und erst jetzt spüren wir den Sinn der Worte: Jeder Anfang ist ein Ende, jeder Aufbruch ist ein Abschied.

Tränen stehen in unseren Augen, Tränen, die größer werden, mehr werden mit der Entfernung, der Distanz, dem Abstand. Und unsere Augen schauen, dringen hindurch durch den Schleier des Verschwommenen, des Gefühls, hindurch zu dem blauen Planeten, dem Planeten des Lebens. Kleiner wird er, immer kleiner, verschwommener, verschwindender.

Groß war sie geworden, die eine Kleine war. Klein wird sie nun, die eine Große ist - *die Erde*.

3. Hinter uns: das War

Hinter uns lag die Vergangenheit, hinter uns lag die Geschichte des Menschen, hinter uns lag die Erde, hinter uns lag das Sonnensystem, »unser« Sonnensystem.

Doch wer schaute jetzt zurück?

Alle Blicke waren nach vorne gerichtet, nach vorne in die Zukunft, voller Hoffnung, voller Erwartung, voller Neugierde, voller Spannung: Wann wird der erste Kontakt, das erste Treffen mit intelligenten Wesen stattfinden? Wann kommt der erste belebte Planet? Wann das erste Leben im Raum?

Es dauerte auch nicht lange, und wir sahen einen Planeten, einen roten Planeten, einen einzelnen Planeten im All. Keine Sonne war um ihn zu sehen. Selber Sonne war er sich. Vater und Mutter zugleich oder etwa nur Mann und Weib zugleich? Hatte er denn Kinder, Kinder, die ihn bewohnten?

135

Neugierig stoppten wir auf der Reise in die Zukunft, hielten an, verweilten in der Gegenwart, beschlossen nachzuschauen, zu sehen, ob Leben auf ihm, auf dem ersten Planeten außerhalb unseres Systems, auf dem wir gestoßen waren. Und wir nannten ihn »Red Planet«, denn wir verständigten uns in Englisch, in der neuen Weltsprache, in der Sprache, die die ganze Menschheit sprach. Roter Planet, so sollte er heißen. Denn er leuchtete wie ein rotes Licht, das abgedeckt, nicht nach außen gelangen kann, eingesperrt ist, nur innen lebt, nach außen aber schimmert, redend, sprechend von dem Leben, das in ihm ist.

So bewegte er sich durch das All, so sahen wir ihn. Also machte sich ein Teil von uns fertig. Und ich brach mit ihnen auf, stieg aus, aus dem Schiff, das in einer Umlaufbahn »stand«, flog durch den Raum, flog wie ein Vogel zum ersten Male durch das All. Und ich schwebte, kugelte mich, purzelte, glitt durch die Luft, die keine war, spielte, freute mich, tanzte. Doch dann setzten wir uns ein Ziel, steuerten darauf hinzu und landeten, setzten auf, zum ersten Mal auf völlig fremden Boden, auf Erde, die nicht die Erde war.

4. Die kurze Zukunft

Kaum standen wir auf dem Boden, kaum spürten wir Halt unter den Füßen, da erscholl Orgelmusik, Musik aus tausenden Pfeifen, in allen Tonhöhen, dröhnte über die weite kahle Fläche. Doch sie war nicht allein, die Musik, sie war nicht so einsam und verlassen wie die Oberfläche des Planeten, der ohne Atmosphäre.

Denn zwischen dem Dröhnenden ertönte Helles, Verschwommenes, Gesangähnliches. Immer deutlicher wurde es, zu Worten wurde es: »Seid gegrüßt, Brüder, ihr seid die ersten, die sich zu uns wagten, die ersten, die zu uns kommen. Kommt ganz zu uns, denn wir sind einsam, sind es müßig, diese hohle Welt zu sehen, nur uns zu sehen. Schon lange warten wir auf andere Wesen, dachten, sie würden angezogen von unserer matten Sonne, der ein Planet nur ist, ein Ruheloser, ein Umherwandernder. Doch niemand kam bis jetzt. Einsam und verlassen sind wir. Ihr seid die ersten. Kommt näher, findet uns!«

Diese eigenartigen Worte erklangen unter der Orgelmusik, übertönten sie, schwollen an, wurden immer lauter zu ihrem Ende hin. Jetzt aber war alles still, totenstill.

Und ich fühlte mich erhoben, angehoben von einer Kraft, hinausgehoben in den Himmel. Nach unten wollte mein Blick sich wenden, doch es gab kein Zurück mehr, nur nach oben schauten sie, meine Augen, öffneten sich so weit sie konnten. Schlangenlinien waren rund um mir, schlängelten sich um mich, erst langsam, dann immer schneller wie im Kreisel. Doch drehten sie sich wirklich, schlängelten sie sich denn empor? Oder standen sie, und fiel ich in die Tiefe?

Ich wusste es nicht, konnte es nicht ahnen, denn in mir dachte es nur, dachte es verwundert: Wohin geht diese Fahrt? Wann ist sie zu Ende? Wer treibt mich da?

Da aber drehte ich mich immer schneller, glaubte das Bewusstsein zu verlieren, ohnmächtig zu werden. Doch ich war nur ohnmächtig, ohnmächtig des Handelns. Plötzlich jedoch mächtig des Fühlens, mächtig des Sehens.

Inmitten der Halle fand ich mich. War denn nicht eben der Weg, der Kanal, durch den ich schwebte, rot? Hier ist alles rot, wie von Samt überzogen, weich, still und gemütlich. Und vor mir steht sie, ein Mädchen, ein Mädchen wie von irdischem Ursprung, mit hellen Haaren, stolz den Kopf aufgerichtet, steht da und nimmt mich in die Arme, schmiegt sich an mich, gibt Liebe und spricht, spricht mit lustiger Stimme, mit einer Stimme, in der Frohsinn und Heiterkeit, doch auch leichte Trauer: »Endlich, endlich Brüder, endlich Sonne in der Sonne, doch nur du, alleine, ohne Kinder!?«

Dann liebten wir uns, verschmolzen zu einem, doch trennten uns wieder, wurden wieder zwei, gingen auseinander, rückten weg, verschwanden in der Zeit, wurden zwei Zeiten, wurden Zukunft und Gegenwart.

Ach die Zukunft ist noch fern, noch herrscht Gegenwart für mich.

Das war das letzte, was ich dachte, dann war ich wieder unter ihnen, mitten unter meinen Brüdern von der Erde, wieder an der Stelle des Aufbruchs. Doch noch etwas schimmerte in meinem Gedächtnis, in meiner Erinnerung an das Soeben, an die Zukunft zugleich: Nach der anderen Seite ist sie entschwunden, doch im Roten des leeren Saales, schimmerte dort nicht etwas Blaues, ein blaues Licht? Oder war alles nur ein Traum?

Wieder bei mir fragte ich die Brüder: »Was ist geschehen? Wohin trug es mich soeben?«

Da machten sie nur ein erstauntes Gesicht, steckten die Köpfe zueinander, tuschelten und sagten: »Wieso soeben? Stehen wir denn nicht alle hier? Sind wir nicht alle gemeinsam aus dem All gelandet, hier an dieser Stelle?«

Ich aber fragte: »Habt ihr nicht die Worte vernommen, die da sprachen?«

Doch sie schüttelten nur die Köpfe, und ich dachte: Es muss wohl ein Traum gewesen sein. Ja, eben landeten wir hier.

Fleißig suchten wir alles ab, doch wir fanden nichts. Kein Leben war auf diesem Planeten außer dem unsrigen.

Also flogen wir weiter durch das All auf der Suche nach Leben, auf der Suche nach Unbekanntem, nach anderen Wesen. Und wieder erschien vor uns ein Planet, wieder beschlossen wir, ihn aus der Nähe zu betrachten.

5. Ein Krieg

Als wir aber gelandet, dröhnte Kampfgelärm an unsere Ohren, umringt sahen wir uns von grimmig dreinblickenden Wesen.

Ich hörte, nahm dies alles wahr, glaubte einen Albtraum zu träumen. Schon wieder Krieg, Töten, Morden. Kann das denn nie aufhören!?

Und bei diesen Gedanken, bei diesem Fühlen standen Tränen in meinen Augen, verschwommen wurde alles um mich. Traurig, kalt und leer war die Umgebung. Einsam und still war es in mir, und ich konnte nur noch eins, konnte nur noch schreien.

Und ich schrie, schrie, formte Worte, sprach in einer Sprache, die ich noch nie gehört, brüllte es hinaus, schrie:

»Ihr Wahnsinnigen, was tut ihr da!?

Wollt ihr denn alle sterben!?

Warum macht ihr euer Leben zum Tode!?

Freuet euch doch, lebt, lebt in Frieden!

Freuet euch, fasst euch an, tanzt!, denn der Krieg ist zu Ende, ausgelöscht ist das Wort aus der Sprache. Seht, auch wir taten das, was ihr gerade tatet. Auch wir kannten dieses Wort, aber wir begruben es, es wurde begraben, als das Licht am Himmel erstrahlte.«

Bei diesen Worten standen sie alle da, staunten und fragten sich: »Wieso spricht er denn unsere Sprache? Er ist doch keiner von uns. Aber was redet er von Frieden? Was ist denn das?«

Fragend wurden ihre Gesichter, erstaunt, da ich meine Arme ausbreitete und sprach:

»Friede, Friede mit euch!

Und Friede unter euch, ihr Brüder!«

Mild war nun die Stimme, die eben noch schrie, mild, doch nicht leise waren die Worte, die meine Lippen formten. Denn dröhnend erklang das Wort *Frieden*.

Doch in mir fragte es: Kann ich ihnen denn Frieden bringen? Bin ich denn nicht nur ein kleines Menschlein? Woher soll ich die Kraft dazu nehmen? Aber woher habe ich die Kraft genommen zu diesen Worten? Wie wird mir? Wieso bin ich so groß auf einmal? Weiter sprachen meine Lippen schon, redeten:

»Ein Licht, ein großes blaues Licht leuchtete auf bei uns am Himmel, und überall herrschte Freude, herrschte Liebe, herrschte Leben, und auch der Tod, der natürliche, war Freude.

Da schauten sie gen Himmel, schauten aus nach dem Lichte und verharrten so, die Augen offen, so weit geöffnet wie möglich.

Auch meine Begleiter schauten empor, schienen gefesselt von dem Anblick.

In mir aber fragte es wieder: Was gibt es denn am Himmel zu sehen? Von der Erde sprach ich doch, als ich vom Licht redete! Wunderte mich und blickte endlich nach oben, erstarrte, wurde still.

Denn der gelbe Himmel war weiß, erstrahlte in blauem Licht, im Licht der Reinheit. Und der ganze Planet wurde hell, verwandelte sich in Frieden.

Nur stottern konnte ich noch:

»Du, du bist es, mein zweites Ich!?«

Und mir war, als blinzelte es mir zu, das blaue Licht, bevor es verschwand.

Jetzt schaute ich wieder auf die Erde, sah alles friedlich, sah keine Waffen mehr, doch sah alles auf mich starrend. Schon wieder wunderte ich mich und fragte:

»Warum schaut ihr mich so an?« Fühlte mich zugleich aber stark und kräftig, wartete auf Antwort.

Da aber fiel alles auf die Knie vor mir, küssten den Boden, wurden erleuchtet, als ob irgendwo ein Licht wäre. Und meine Begleiter antworteten mir, sagten:

»Bruder, du leuchtest, du bist Licht. Wie machst du das?«

Da erst begriff ich. Mein zweites Ich hatte einen Teil gegeben, einen Teil mir überreicht, einen Teil ihres Körpers. Und ich erstrahlte in blauem Lichte.

Dann war alles blau, weißlich-blau, um mich geworden. Und ich dachte, die Augen spielten mir einen Streich, nachleuchtend von dem Licht, in das sie geschaut.

»Brüder«, sprach ich, ich bin nicht Gott. Steht auf! Nicht anbetungswürdig bin ich! Betet das Leben an, die Liebe, den Frieden, die Heimat, den Kosmos! Nicht mich!

Steht auf! Lasst uns zusammen gehen, tanzen und springen vor Freude. Singen, lasst uns singen das Lied von der großen Stunde, von der Stunde, in der es Licht wurde im Grau.

Kommt, fasst euch an! Fasst uns an!

Lasst uns einen Kreis bilden, denn der Kosmos ist ein Kreis, ist viele Kreise, ist Kreis!

Lasst uns also verkünden allen Tieren, allen Pflanzen, allen Wesen auf dieser Welt den Frieden! Lasst uns ihnen das Lied vom Fliegen erzählen.

> Grau war alles, öde und leer,
> bunt ist alles, froh und leicht;
> fliegen, ja fliegen wollen wir.

> Schwer war alles, kriechend und traurig,
> lustig ist alles, leuchtend und leicht;
> fliegen, ja fliegen wollen wir.

> Weiß ist alles, klar und rein,
> liebend ist alles, lebend und sich freuend,
> freuen, freuen wollen wir uns!

Also fassten wir uns an, sangen, waren glücklich, ohne Angst und Sorgen, wurden leicht und immer leichter, leuchteten auf im blauen Lichte, erhoben uns, hoben ab vom Boden, flogen, flogen wie ein Vogel am Himmel durch die Lüfte und freuten uns, freuten uns über das Jetzt, freuten uns über die Zukunft, und immer höher flogen wir. Klein war der Planet, klein die Vergangenheit, hoch erhoben waren wir, groß, größer als je zuvor. Und wir träumten, schwebten am Himmel, träumten den Traum des Fliegens, träumten, Vögel zu sein und waren Vögel. Leicht, sanft, beschwingt, beflügelt flogen wir der Zukunft entgegen, mit ausgebreiteten Armen, schwebend, ohne Bewegung, schauten nicht mehr, schauten nicht mehr hinunter, nicht mehr zurück.

Vieles sahen wir im All, Vieles lernten wir, oft kehrten wir zur Erde zurück, oft verließen wir sie wieder. Größer, immer größer wurde das Wissen der Menschheit da.

6. Die Katastrophe

Ein Weg,
eine Gerade, eine Kurve,
ein Anfang, eine Dauer,
doch auch ein Ende.

Plötzlich erwachte ich, schaute auf und rieb mir die Augen, rieb mir die Augen, denn es flimmerte, die Luft zitterte, und alles sank zu Boden. Nur ich saß da, schaute, wunderte mich. Noch immer flimmerte es, wie wenn etwas wäre, dass noch kommt, oder etwas war, das gegangen. Und ich stand auf, erhob mich von dem Sitz, stieg über alle hinüber, die da lagen, lagen wie tot, nicht mehr wie Menschen, leblos, den Körper verrenkt, erstarrt in der Bewegung, die Augen offen, verdreht, offen für die Seele, die gegangen, offen für das Fremde, das gekommen.

Weiter stieg ich, sah es, sah sie liegen, sah sie alle da liegen, meine Brüder, doch begriff nichts. Konnte nur eines noch, konnte nur noch mich wundern, wundern über das Geschehen, wundern, dass sie da lagen, ich da stand, ich da ging, über sie hinwegschritt, immer weiter nach vorne zur Steuerung, die automatisch weiterlief, gesteuert vom Positronengehirn, das noch lebte, lebte, um das Schiff zur Erde zu bringen, zurück zur Erde, um es zu retten, um die Menschen zurückzubringen, heim, zurück zu ihrer Mutter. Doch in mir sagte es, dröhnte, übertönte mein Ich, schrie und rief:

»Geh, geh weiter, schalte sie ab, lege sie still, die Rettung, den Rücksturz zur Erde. Schalte das Positronengehirn ab! Töte es! Vernichte es! Denn du weißt, wie es geht, nur du kannst uns helfen, nur du kannst das Schiff vernichten.«

Und ich setzte mich und fand den Knopf, fand ihn und drückte ihn nieder. Oh, wie konnte ich dieses nur tun! Wie konnte ich nur das Leben nehmen, ich, der ich der große Lebensbringer bin. Doch ich tat es, tat es, ohne zu überlegen, tat es, gelenkt von einem anderen Ich, seiend nicht mehr ich, sondern das andere Ich, das Un-Ich.

Ein Schrei, ein fürchterlicher Schrei erscholl. Ein Todesschrei war es, ein letzter Schrei, der letzte Schrei dieses Lebens, seines Lebens, des Lebens unseres Positronengehirns. Ich hörte ihn, nahm ihn aber nicht wahr, reagierte nicht darauf, fühlte nicht, konnte nicht denken. Und ich ergriff die Steuerung, sah auf, erblickte sie und dachte:

Hinein, hinein in die Sonne! Ich muss das Schiff in die Sonne lenken. Die Sonne ist die Erlösung.

Schon schoss das Schiff auf ihn zu, schoss in den Schein, in den so blauen Schein hinein. Ich aber saß da, rührte mich nicht, konnte mich nicht bewegen und hörte Lachen, vielstimmiges Lachen, teuflisches Lachen. Schon war ich fast in ihr, schon brach der Schutzschirm zusammen, schon war meine letzte Stunde gekommen.

Jetzt, jetzt in meiner letzten Sekunde konnte ich weder selbst denken, dachte ich wieder, dachte nur: So ist also der Tod, so also muss ich sterben. Das ist das Ende.

Und um mich herum verschwamm alles, wurde alles flüssig, wurde alles gasförmig, wurde alles bunt. Aber mitten im Bunten leuchtete das Blaue, etwas Hellblaues, das ich kannte, das ich kennenlernen werde.

Doch ich wusste nicht, was es ist, wunderte mich schon wieder, wunderte mich darübe, dass ich sah, dass ich empfand.

Kaum dies gedacht, wurde das Bild auch schon klar, wurde ich wieder bewusst, wurde mir bewusst: Ich lebe!

Froh wurde da mein Geist, ja, es war wieder *mein* Geist. Denn ich lag im weichen Sande und hörte ein Rauschen. Und dieses Rauschen war schöner als alles je gehörte. Denn das Rauschen sagte: Du lebst, sieh selbst, du lebst.

Und als ich mich erhob, sah ich Bekanntes, sah ich das Meer, sah ich, dass ich auf der Erde war, wieder auf der Erde, meiner Mutter, die mich liebend in ihre Arme schloss.

Neben mir aber lag eine Tafel, auf der stand in leuchtender Schrift:

»Mein Bruder, es war kein Traum. Doch wir irrten, als wir sagten: Beim dritten Male werden wir eins. Denn dieses war das fünfte Mal. Dieses Mal durfte ich dir meine Liebe zeigen, dieses Mal konnte ich dich retten. Denn alles, was du sahst, geschah, geschah wirklich, war Realität. Und du bist der einzige, der es überlebte, der zurückkehrte zur Erde, ohne Schiff, ohne Brüder, ganz allein, von mir getragen.«

So also musste ich zurückkehren zur Erde, ohne Begleitung, einsam und verlassen. Tot waren sie alle, meine Freunde, die mich durchs All begleitet, getötet durch das Fremde, das in die Sonne musste mit unserem Schiff, in die Sonne, um zu leben.

Also beschloss ich, in der Natur zu leben, fernab aller Menschen, dort zu bleiben, wo ich mich nun befand.

7. Erkennen

Erkennen, so nenn ich es, was einst geschah, so nenn ich es, was jetzt geschah. Doch von damals will ich berichten, von damals, wovon mir die Erinnerung fehlt, von damals, als ich kam auf die Erde, auf die Mutter, auf die anfängliche Heimat.

Grün ist alles, grün und verschwommen. Helles Grün ist es, hell, frisch und jung, jung wie mein Leben, frisch geboren, gerade am Leben, gerade atmend.

Grün ist alles, doch mir scheint es rosa, rosa und rot wie die Geburt, das Entstehen des Kosmos, rosa wie die erste Stunde des Lebens.

Doch da wird alles grün, das werde ich sehend und schlage die Augen auf. Licht flutet hinein, und grell ist der Schein. Ganz geblendet werden sie, meine Augen, geblendet sitze ich im Gras, die Angst vor dem Grellen verschwindet, macht der Freude Platz. Grün ist alles, grün, doch noch verschwommen.

Allmählich wird es klarer, immer klarer, und ich sehe Gras, grünes Gras, Gras, das ans Licht strebt, sich nach oben streckt, dünn, schmal, doch stark in der Farbe. Darüber wiegen Blätter sich im Wind, von dunklerem Grün sind sie, doch wie lieblich schaukelnd geben sie den Windstößen nach, widerstreben ihnen und lassen sich umwerfen. Doch noch andere Farben gesellen sich hinzu. Bunt ist alles, bunt und fröhlich, hell, klar und überwältigend.

8. Das Zeichen

*Dunkel ist es in der Nacht,
doch viele Augen wachen.*

Des nachts wachte ich plötzlich auf aus dem Schlafe, rieb mir die Augen und sah mich um. Und ich fand alles anders als zu der Zeit, in der ich eingeschlafen: Anders ist alles um mich herum.

Mitten auf der Wiese liege ich im frischen Tau der Nacht, im Gras, das sich im Winde wiegt, der leise die Kronen der Bäume durchhaucht, ein leises Rauschen erzeugt. Von weit ertönt der Ruf eines Käuzchens, und Fledermäuse flattern durch die Luft, ihre unhörbaren Rufe ausstoßend. Staunend sehe ich mich um.

Verwunderung durchfährt mich und etwas Angst.

Wo bin ich? Woanders ging ich zu Bett. Wie kam ich hierher?

Doch der Mond scheint durch die Äste der Bäume, die die Wiese umgürten, sich schützend um sie legen. Er verkündet Ruhe und Stille.

Schon legt sich meine Angst, die Angst des Universums, die Angst vor dem Neuen, dem Unbekannten. Wissensdurst glüht in mir auf. Noch immer sitze ich da, liege ich auf der Wiese und warte ruhig auf das Kommende.

Aber alles bleibt still bis auf die Laute der Tiere, für die die Nacht Tag ist und der Tag Nacht. Sie leben in ihr, durchfliegen sie unter dem klaren Sternenhimmel, auf den mein Blick fällt, Sehnsucht erfüllt, ahnend das Vergangene und das Kommende, sich erinnernd an die Reisen, die Fahrten, das Forschen in ihm mit dem ersten Schiff, dem ersten Raumschiff, das die Erde, die Menschen entsandten, um ihre Heimat zu erforschen.

Nun jedoch herrscht das Jetzt, die Gegenwart. Vergangenheit und Zukunft liegen weit entfernt von mir, weit zurück liegt die Jugend, die Reise durch das All, die Rückkehr zur Mutter, die Rückkehr zur Erde. Unsterblich bin ich geworden, nicht älter werde ich, immer noch jung sehe ich aus, doch fühle ich auf einmal die Last der Jahre, die Anstrengung, das lange Leben, das schon Jahrtausende währt.

Alt fühle ich mich, alt und dem Tode nahe. - Tod, da ist das Wort. Wie wird er wohl zu mir kommen, er, der große Erlöser und der große Unterbrecher? Stürze ich nicht in eine Sonne, um das Leben, das übrige

Leben zu erretten? Bringe ich mich nicht selbst um, dem Alter ein Ende zu bereiten? Wie wird es wohl aussehen, mein Ende, er, mein Tod?, so durchzuckt es mich.

Aber ich liebe doch das Leben. Ich bin Leben. Wie sollte ich es zerstören, einen Teil vernichten, mich selbst töten!?

Plötzlich ertönt ein Rauschen, ein Flattern wie von Tausenden von Flügeln. Die Luft erbebt, zittert. Lauter wird es, näher kommen sie, die Fledermäuse, auf der Suche. Aber auf welcher Suche? Wen suchen sie?

Doch schon finde ich mich eingehüllt in dieses Geflatter, dieses unregelmäßige, regelmäßige Durcheinander, eingehüllt in Tausende von Flügeln, die da schlagen und die Luft zerteilen.

Regelmäßig klingt es an mein Ohr, regelmäßig und abwechselnd, ja, Musik ist es, Musik für meine Ohren, kosmische Musik muss es sein, denn Freude durchdringt mich, ergreift mich. Aber zugleich Trauer. Trauer, wie ich sie nie kannte, Trauer, wie um eine Geliebte, die verschieden.

Umkreist fühle ich mich, umkreist vom Leben.

Doch schon wird alles ruhig. Die Musik hört auf, die Stille ist vollkommen. Ich blicke mich um und sehe mich umringt von kleinen Tieren, die mich aus ihren Augen liebend betrachten, die liebend auf mir sitzen und mich belecken, mich liebkosen. Fledermäuse werden sie genannt, Fledermäuse, meine Freunde. Nehmende sind unter ihnen. Mir aber gaben sie nur, mir geben sie Liebe und Freude.

Mitten unter ihnen im Kreise um mich erblicke ich Eulen, die »Raubvögel« der Nacht, und unter ihnen, über ihnen ein mächtiger alter Uhu, ein riesiges Tier, eine Beute im Schnabel haltend, eine Beute, irgendein Tier.

Eine tote Maus scheint es zu sein, eine gewöhnliche tote Maus, aber mein Blick wird angezogen von ihr, angezogen. Alles andere vergessend schaue ich sie an und schaue in sie hinein. Und in ihr leuchtet ein Licht, ein gelbes Licht, ein reines Licht. Doch kein stilles Licht ist es, ruhig, ohne Flackern scheint es, leuchtet es in mich hinein, doch nicht lautlos, nicht still strahlt es. Töne gehen von ihm aus, einzelne Töne, zur Melodie werdend, zur Musik sich aufschwingend, zu einer Musik, die mich ergreift, mich erfasst, in mich dringt.

Jetzt kommt Erinnerung in mir auf, Erinnerung an die Jugend, an die Zeit, als ich mein erstes Werk verfasst. Damals da nannte ich sie Schmerzlaute, *Schmerzintervalle*, die Töne der alten Zeit, die Töne des Leidens, des Todes, die kosmische Äußerung des Untergangs. Schmerz strahlen sie aus, Trauer und Schmerz, vom Ende verkünden sie, den Tod besingen sie. Größer wird das Licht, fast bedeckt es mein Antlitz, lauter wird die Musik, fast lässt sie mich schreien, schreien vor Angst, vor *Angst vor dem Tode.* Aber noch ist die Zeit nicht gekommen, nur beinahe ist mein Kopf bedeckt vom Scheine des Todes, nur fast ertönt die Musik zu laut. Aber ich sehe es, erkenne es, weiß es. Oft hatte ich versucht, es mir vorzustellen, oft hatte ich darüber nachgedacht, doch nie hatte ich es gesehen. Vorhin dachte ich an ihn, den großen Erlöser, den Bringer neuer Taten, neuen Schaffens, den Tod. Jetzt sehe ich ihn, schaue in sein Antlitz, höre ihn, sehe ihn und verstehe, verstehe, was ich erblicke, verstehe, erkenne es, das Zeichen, das Zeichen, das da kommen musste, das mir geweissagt war, das ich erfahren musste, das Zeichen des kommenden Todes, dieses Zeichen ist mir nun erschienen, vorüber, verschwunden in dem Rachen des großen Vogels, seine Aufgabe erfüllt habend.

Sehend werde ich wieder, fühlend für die Umwelt. Ich spüre die Liebe der Natur, der Tiere und der Pflanzen, der Erde, die sich vor mir öffnet, um mir Lebewohl zu sagen, des Mundes, der mich grüßt, der Sonne, die am schwarzen Nachthimmel erscheint, um mich zu erleuchten, mir sein Lebewohl zu sagen. Und ich sehe die *Tränen*, die Tränen des Abschieds, die zum Strome werden, zum Strom, fließend in ein neues Land, in ein neues Leben, das sich auftut vor mir, ein Leben, was ich noch nie gelebt. Nur noch Tränen sehe ich, Tränen, die Trauer weinen, die die Tiere weinen, die die Pflanzen weinen, die die Erde weint. Und auch die Sonne verschwindet hinter den weinenden Wolken. Alles trauert.

Da wache ich auf, schaue mich an und sehe Tränen in meinen Augen.

Am Ende des Lebens spreche der Mensch:
Wohlan, noch einmal!!!

5

Tod und Vereinigung

Still steht sein Herz,
traurig flackert sein Blick:
Es ist alles aus, alles zu Ende.
Ich   s t e r b e !!!

Doch ist denn wirklich alles zu Ende mit dem Tode? Oder ist er ein neuer Anfang, ein neues Leben?

Vergangenheit und Zukunft

Schwarz, schwärzer, immer schwärzer wird es vor meinen Augen. Drehen, drehen, immer schneller drehe ich mich. Hinab, hinab auf den Boden zieht es, hinunter in das Dunkle, das Leere, zum Vergessen, in das Ohne-Bewusstsein, zum Schlaf, dem Seligen.

Wo bin ich? Was ist das? Was höre ich?

Hier war ich schon, ich erkenne ihn wieder, diesen Ort. Dieses laute Dröhnen: die Trommelfelle drohen zu zerplatzen, Dröhnen, Tosen, Donnern. Musik, ja Musik ertönt, leise feine Musik, ich kenne sie, ja ich kenne sie! Aber was ist das alles? Wo bin ich? Wer bin ich? Wann bin ich?

Lauter wird sie, die Musik. Bewegung bringt sie, Pulsieren. Alles pulsiert um mich herum, alles: die Steine, die flüssigen, die Luft, die rote, der Horizont, der rosafarbene. Alles bewegt sich, alles gleitet hin und her, alles wiegt sich im Takte der Musik. Stimmen, Stimmen höre ich. Sie singen, sie singen mit der Musik: Alles singt.

Angst und Ungewissheit verschwinden, Freude steigt in mir auf, Wärme, Liebe, Glück, Geborgenheit und Wohlsein.

Lauter wird die Musik, lauter der Gesang, unwiderstehlich, alles erfassend, alles ergreifend. Kein Dröhnen, kein Donnern gibt es mehr, nur Musik. Musik, die ich kenne, Musik, die mich erfasst, die mich bewegt.

Schon bewege ich mich in ihrem Takte und tanze, hin und her, bewege mich, gleite. Mein Mund öffnet sich und ich singe, singe wie alles um mich herum, höre meine Stimme und freue mich, freue mich wie nie zuvor.

Farbiger wird der Himmel, der rosa war, rot, ja gelb erscheint, bunt wird alles, grün, blau, schwarz. Viele Stimmen singen, in allen Tonlagen, singen und lachen.

Bewegung, verschiedene Bewegung tritt auf: Es kreucht und fleucht um mich herum, und ich begreife: Leben, ja Leben ist es, was entsteht. Ein Planet ist es, der sich verfärbt. Der Himmel, das All ist es, das schwarz wird und glänzend. Die Musik ist es, die kosmische. Gott ist es. Ich begreife: Das Leben entsteht, das All entsteht. Es ist die große Stunde der Geburt. Und ich erlebe sie mit, ich, ausgerechnet ich.

Ja, und da ist die Erinnerung wieder da. Die Musik, das Leben, eingeschlafen bin ich, zusammengesunken, die Musik hörte ich zuvor, die Musik über Geheimnisse, über das Kosmische, das Bekannte, das Geheimnis, das für viele eines ist und doch keines ist. Diese Musik erklang einstimmig, und andere Melodien folgten, und alles sang und freute sich.

Aber auch den Ort, den kenne ich. War ich denn schon einmal hier?

Um mich herum zwitschert es und tiriliert. Ein großes Tier mit scharfen Zähnen kommt angesprungen und blickt mich an. Aber schon erkennt es mich und lächelt, lächelt mit seinen messerscharfen Zähnen, freut sich, schnurrt wie eine Katze, legt sich vor mich nieder und beleckt mich.

Um mich herrscht Frieden und Eintracht, Freude, überall herrscht Freude über das Leben, das Leben, es freut sich, das es lebt.

Glücklich sitze ich da. Doch da, was ist das?

Die Welt um mich verschwimmt, unscharf wird alles. Träumte ich denn und ist der Traum zu Ende? Leiser werden die Stimmen. Alles hört auf zu sein. Dunkel ist es um mich. Doch aus der Ferne kommt ein Licht, größer wird es, leuchtender wird es, näher kommt es. Ich schaue es an, und es kommt auf mich zu, ergreift mich, verschmilzt mit mir, und in mir sagt es: »Bruder, du weiltest in der Vergangenheit, es gibt keine Zeit mehr für dich, dieses war die Zeit des großen Morgenrotes, die große Morgenröte, das Zeichen des Anfangs, das Rosa der Schöpfung. Der Kosmos entstand. Weißt du es nicht mehr? Damals, du warst dabei, du und ich und alles, wir waren eins, aber wir trennten uns und wurden Leben. Wir sind Leben, wir sind ein Teil von Gott. Gott schuf sich damals, Gott schuf das Leben, Gott schuf uns und trennte uns. Weißt du es nicht mehr?«

Da fiel es mir wie Schuppen von den Augen. Ja, die Morgenröte, die Schöpfung war es, die ich eben erblickte - und ich erkannte die Stelle. Meine Heimat ist es, der Kosmos, auf meiner Mutter stand ich, auf der Erde. Ich sah der Schöpfung zu, nachdem ich entstanden war. Ich stand da, freute mich und wurde selbst erst erschaffen.

Damals war es, ganz am Anfang. Aber dann gab es noch ein Gestern. Was war mit diesem Gestern? Als ich entschlief, zu Boden stürzte? Warum wachte ich nicht auf?

Da sagte es in mir: »Weißt du nicht? Die Vereinigung, das Du, auf das du gewartet hast, es ist da. Ich bin es, wir sind jetzt eins. Du bist gestorben auf Erden, und du lebst ewig jetzt, nicht wie du so viele Male gelebt hast seit Beginn der Schöpfung auf der Erde. Nein, im All, im Kosmos lebst du jetzt, und du bist nicht mehr du, sondern du bist auch ich, wie auch ich du bin.

Als ich das hörte, schaute ich mich wieder, zum ersten Mal, an. Ja, ich war kein Mensch mehr, ich hatte keinen Körper mehr, Energie, pulsierende Energie, Lebensenergie war ich geworden, rot leuchtete ich. Und neben mir, halb in mir, leuchtete es genauso, aber blau, und ich begriff: Die Vereinigung, die große Sehnsucht hatte sich erfüllt, und jetzt erst spürte ich das Glück und die Freude und ich liebte, liebte, dass das All sich für einen Augenblick erhellte, sich rosa färbte, wie wenn der Tag der Schöpfung sich wiederholte.

Es war eine neue Schöpfung. Ich war neu geboren. Doch diesmal hatte ich die Erinnerung behalten, und als erstes hatte ich die Schöpfung des Kosmos wieder erlebt.

Und leuchtend und strahlend pulsierte es, pulsierten wir, blau und rot leuchtete es, und die Zeit der großen Liebe brach an, die Zeit des Lichtes, des Lebens, der Liebe, des Friedens und des Einsseins für alle Wesen im Kosmos bis zu unserem Ende, bis dass der Kosmos wieder zu Chaos würde, um später wieder zu entstehen.

So lange, »unendliche« Zeiten habe ich, hast du, haben wir jetzt zu leben, und dies alles wissend fliegen wir hinaus, um die Heimat zu erleuchten, die Herrschaft der Dunkelheit zu beenden. Hinaus zum Geben, zum Schenken, zum Verschenken der unendlich großen Liebe, die uns durchflutet.

Und so schwebten wir von hinnen, fort von der Einsamkeit, fort von dem irdischen Leben, das ich führte, fort von ihrem Leben, das sie geführt hatte, fort von der Vergangenheit, hinein in die Zukunft, obwohl es keine Zeit für uns gibt. Denn wir leben, und es gibt kein Alter, keinen Tod, kein Nachlassen in der Liebe zueinander und erst recht nicht in der Liebe, die wir schenken.

Denn, wohin wir auch kamen, wohin unser Licht fiel, überall entstand Friede und Leben, überall hinterließen wir Liebe und Glück.

Ja, das ist das Leben, auf das ich einst auf Erden wartete, das Leben, das ewig ist, obwohl es keine Ewigkeit* gibt.

*: Außer Gott?

So fährt es mir jetzt durch den Kopf, so denke ich jetzt, so denkst du jetzt, so denken wir beide jetzt. Weiter wollen wir leben.

Doch warum besinnen wir uns zurück? Besinnt sich das Alter zurück auf die Jugend, bevor es stirbt? Warum tun wir dieses? So durchzuckt es uns und droht, unser Glück zu zerstören. Doch schon haben wir uns beruhigt, lieben weiter.

Die neue Mathematik, das neue Denken
oder Du und ich sind wir:
$1+1=1$.

6

Im Kosmos

Sehnsüchtig schaut der Mensch auf der Erde hinauf, sieht die glitzernden Lichter mitten im Schwarzen, fühlt Freude, verliert alle Angst, denn irgendwo in ihm sagt es Heimat, sagt es: Siehe, du schaust zurück in die Vergangenheit, doch gleichzeitig siehst du deine Zukunft vor dir.

1 Im Kosmos vereint

Lieben weiter und schweben, schweben durch das All, das schwarze, das unbekannte, das ich einst suchte zu erforschen, das ich einst durchflog als Mensch, als Suchender, als Forschender, als Erkennender. Dies war das erste Mal, das ich durch den Raum flog. Ja, damals war ich noch ein Mensch, ein Wesen, das seinen Körper durch die metallenen Wände eines Schiffes, eines Raumschiffes schützen musste.

Doch jetzt bin ich ein Bewohner des Alls, nicht mehr ein Erdenbewohner, ein Planetarier, jetzt ist meine Heimat meine wahre Heimat. Nicht mehr die Mutter ist die Heimat, nein, jetzt ist es das All, der Kosmos, das Universum.

So schwebe ich, so rase ich, so gehe ich durch den Raum, denke zurück und denke voraus.

Einsam war ich einst auf Erden, einsam und alleine. Nun aber herrscht Zweisamkeit, herrscht Vielsamkeit, herrscht Frohheit, Ausgelassenheit und Liebe.

Denn du bist auch hier, du bist bei mir, du, die du dich mit mir vereinigt hast, du, die du ein blaues

Licht bist, ein Gegenpol zu mir, zu mir, dem roten Licht. Eine Farbe, ein Licht war jeder von uns, einmächtig war jeder von uns, der einer beherrschte das Blaue, der andere das Rote. Nun sind wir allmächtig geworden, allmächtig in der Farbe, alle Farben umfassend.

Und so musste ich denn sagen: »Einsam waren wir auf einem Planeten, einsam und alleine.«

Doch nun ist die Zeit vorbei, das ich in der Einzahl rede. Jetzt reden wir nur noch mit »wir«, sprechen in der Mehrzahl, auch wenn wir »ich« sagen, so nur, weil wir keine Vielzahl sind, weil wir eine Einheit sind, die aus zwei Wesen entstand, entstand, als die irdische Hälfte die Erde verließ, als er, der Rainar hieß, starb.

2 Wie die Kinder

Doch jetzt gibt es kein Sterben mehr, jetzt herrscht nur noch Leben, Liebe, Freude und Licht. Jetzt brauchen wir nicht mehr auf Licht zu warten, um uns zu freuen, jetzt sind wir selber Licht, jetzt leuchten wir anderen, zeigen ihnen den rechten Weg, denn wir haben ihn gefunden, wir haben erkannt, was Leben ist, haben erkannt, dass Leben Freude, Schaffen, Liebe ist. Und indem wir uns glühendheiß lieben, nicht mehr getrennt, sondern zusammen, vereint, ineinander, schweben wir weiter durch Raum und Zeit, merken nicht, was um uns geschieht, merken nicht, wie unser Lieben ansteckt, alle Wesen in der »Nähe« zur Liebe führt. Noch sind wir nicht so weit, ihnen Liebe zu bringen, bewusst sie ihnen zu geben.

Jetzt haben wir Zeit für uns, kümmern uns um nichts anderes, sind allein in trauter Zweisamkeit, sind allein und glücklich, ohne Einsamkeit, ohne Sehnsucht, jung und froh, lachend und einander fangend, spielend, liebend wie Kinder es tun.

Der Kosmos aber pulsiert weiter, die Uhr tickt, die bei seiner Geburt aufgezogen wurde, die Zeit läuft weiter ab. Unsterblich sind wir, Lebensenergie ohne Alter. Doch vergeht die Zeit auch für uns, vergehen die spielerischen Liebesfreuden des Anfangs, werden zur geistigen Liebe.

Für die anderen Lebewesen im Kosmos ist jedoch viel Zeit vergangen. Tausende von Jahren waren für uns nur Minuten, und viele Stunden lieben wir uns schon, schweben immer weiter, schauen uns jetzt aber um im Raum, sind begierig, Neues zu sehen, Neues zu erleben, Neues zu begreifen.

Viele Sonnen erblicken wir, viele Planeten ziehen an uns vorbei, viel wartet noch auf uns.

3 Rückblick

Treibend, fliegend, schwebend kommen wir zu einem Planeten, einem Planeten, der blau leuchtet, blau und bunt vor Leben.

Ich sehe ihn, schaue ihn an, und mein Blick bleibt an ihm haften, bleibt kleben. Nicht wissend warum, starre ich ihn an, ihn, den Blühenden, und denke an die Erde, von wo mein eines Ich kommt, an die Erde, den blauen Planeten der Sonne, 35 000 Lichtjahre vom Zentrum der Milchstraße entfernt. Doch oft werde ich sie noch sehen, noch oft sie besuchen, wenn es mich danach verlangt. Nur zu denken brauche ich an sie, meine Mutter, an ihn, meinen Geburtsort, und schon bin ich dort, weile an ihm. Doch nun will ich gar nicht an sie denken.

Und doch wandelt sich das Bild vor meinen Augen, und ich fühle Vergangenheit, Vergangenes, Geschehen, die schon geschehen, die aber nie von mir erblickt, die nicht erblickt werden durften.

»Jetzt« ist nicht mehr »jetzt«, nein, »jetzt« ist »damals«, und »ist« ist »war« geworden. »Es geschieht« wird zu »es geschah«.

Schmerz fühle ich, ach nein, fühlte ich, und ein Bild sah ich, durfte es nicht behalten, durfte es nicht begreifen, aber sah es, sah alles, sah ein Bild von der Erde.

4 Der große Donner

Sonnenschein ist's. Die Natur lacht, und überall ist Leben. Friedlich ist's auf Erden geworden, friedlich, ruhig und still. Froh jubiliert es in den Bäumen, redet und singt es in den Häusern, zirpt es von den Wiesen, brummt es in der Luft, plätschert es in dem klaren Wasser der Gebirgsbäche, gluckert es im Meer. Frühling ist's und die Natur blüht, erwacht aus ihrem Schlafe.

Überall kreucht und fleucht es, freut es sich, lacht und singt: »Sonnenschein ist's, kommt alle, tanzt mit, freut euch mit! Grün ist die Erde, grün und frisch, blau ist der Himmel, ohne Wolken, hell und rein, blau ist das Wasser, blau und klar.«

Doch was ist das??? Dunkel wird er, der Blick ins All, sie, die erleuchtete Atmosphäre. Dunkelblau wird sie, Wolken ziehen heran, erst helle, kleine, dann immer dunklere.

Unruhe erfasst die Natur. Wellen kräuseln auf dem Wasser. Wind kommt auf, Sand fliegt durch die

Luft, und die Natur verstummt in ihrem frohen Spiel, die Schmetterlinge setzen sich nieder auf die Blüten, hören auf Nektar zu saugen, verfallen in Starre, und alles Brummen, Tanzen und Singen hört auf zu sein, erstirbt.

Nur der Mensch merkt nichts, geht ruhig seiner Beschäftigung nach, liegt faul in der Sonne, arbeitet fleißig. Er beachtet die Veränderung nicht, nimmt sie nicht wahr. Immer dunkler wird der Himmel, fast schwarz ist er schon, auch ein *Donnerschlag* ertönt, ein Donnerschlag, von Blitzen begleitet, der alles erschüttert, alles zum Beben bringt. Jetzt, erst jetzt verstummt alle Arbeit, alle Faulheit, alles Nichtstun. Jetzt, erst jetzt stürzt alles aus den Häusern, sammelt sich auf dem Marktplatz, vor den Behausungen, auf den Straßen, schaut auf, schaut zum Himmel, schaut und fragt: »Was ist das? Nie hörte ich einen solchen Donner, nie sah ich solche Wolken, nie solche grellen Blitze. Und wo ist der Regen, der Regen, der Sturm, der das Gewitter begleitet?« So fragen sie einander und wissen keine Antwort. Denn es ist ruhig geworden, windstill, totenstill.

Und weiter wundern sie sich: »Was ist das?«

Die Wolken gehen zur Seite, Schwärze ist dahinter.

»Wo ist unsere Heimat? Schwarz ist alles und sternenbeleuchtet. Das All ist um uns, die Atmosphäre ist verschwunden!«

So stehen sie da und staunen.

Dies alles sehe ich, und mein zweites Ich weint Tränen des Schmerzes, Tränen der Erinnerung. Mein erstes Ich aber, das von der Erde stammt, wird von einem Zittern erfasst, das schlimmer ist als alle Schmerzen. Es weiß, was geschieht, es kennt ihn, den Untergang, das Ende, den großen Donner. Und es sieht, sieht, was seine Brüder, seine Schwestern tun, wie sie sich verhalten, sieht das letzte Bild, das allerletzte Bild von der Erde, von der Erde, dem sterbenden Planeten, sieht, wie die Atmosphäre verschwindet, wie die Sonne erstrahlt, ein letztes Mal in ihrer alten Stärke erstrahlt, und wo ihre Strahlen die Erde erfassen, die Menschen erfassen:

Zu Boden, auf die Erde fallen sie, knien sie sich nieder, den Kopf erhoben, den Kopf gen Himmel gestreckt, sich ergebend in ihr Schicksal, denkend an das Weiterleben nach dem Tode.

So tun die Einen, die Fühlenden, die Denkenden, die Erkennenden, die Wissenden. Sie wissen, denn sie hören, sie hören die Stimme, die Stimme des Kosmos, die da sagt:

»Leben war, Leben wird sein, Leben ist ein Kreis: Entstehung, Leben, Tod, Entstehung, ein Kreis, alles ist ein Kreis, ewige Wiederkehr des Lebens:

Geburt, Leben, Tod, Geburt, ein Kreis, ewige Wiederkehr des Todes:

… Chaos, Kosmos, Chaos, Kosmos …, eine Wiederkehr, ein Abwechseln, ein Entstehen, ein Werden, ein Untergehen:

Geburt, Leben, Tod, Tod ist euch beschieden, Untergang!

Auch dem, der nicht hier, der das Leben liebt, der Leben ist, der euch beschützt, auch ihm ist er beschieden. Er, der lebend, weiß nichts von eurem Untergang. Er sieht ihm zu, doch erkennt ihn nicht.

Aber einst, wenn alles vergangen, dann erst wird auch er davon erfahren.

Tod ist euch beschieden, Untergang!«

Doch die Anderen, die meisten hören sie nicht, hören nicht die Stimme, die da sagt: Untergang ist euch beschieden, hören nicht und schreien, schreien um ihr Leben, schimpfen, brüllen, erpressen, beschwören, heulen, winseln. Ach, wie armselig sind sie doch! Wo ist ihr Geist geblieben?

Schauten sie doch auf die Einen, täten sie es ihnen doch gleich! Schauten sie auf die Dritten, die die ersten waren, schauten sie doch auf die Tiere und Pflanzen! Denn still stehen sie da, stehen ihre Blätter, still und andächtig. Auch sie hörten die Stimme, hörten sie und verstanden sie.

Doch sieh nur die Anderen, die die Stimme nicht hörten, die sie nicht begriffen! Sieh nur, wie sie toben! Sieh, wie sie zappeln, wie sie sich wälzen in dem Feuer, das die Sonne, ihr Vater, ausstößt, das er ausstößt, röchelnd, am Ende seines Lebens, sterbend, im Tode seine Gemahlin, die Erde, mitnehmend, sich mit ihr vereinigend, mit ihr verschmelzend und auch verschmelzend mit den Kindern, die noch auf der Mutter, die noch in ihrem Schoße sind. Ruhig schauen die Einen in das Feuer, das reinigende, ruhig sehen sie zu, wie die Glut die brüllende Masse, die Anderen verschlingt. Ruhig und still sehen sie hin, sehen sie der Sintflut zu, der Sintflut aus Feuer, die die Seelen der Dummen auslöscht, in Staub zerlegt.

Nun aber kommt das Feuer zu ihnen, nun kommt es auch zu den Dritten, den Tieren, den Pflanzen. Sie, die Einen, und sie, die Dritten, empfangen es und lassen es über sich gleiten, lassen es geschehen, das Unvermeidliche, in ihrer letzten Sekunde des irdischen Lebens denkend: Weiterleben werden wird, weiterleben, alle zusammen weiterleben.

Schon zerbricht der Planet, löst sich auf, und alles Leben vergeht. Größer ist die Sonne geworden, größer. Ihre letzte Größe will sie noch erreichen, die letzte und die größte Größe, die Größe vor dem Untergang.

Doch noch leben Wesen im All, noch pulsiert es, noch leben Menschen der Erde im All auf anderen Planeten, doch wie bleich werden sie, als sie erfahren die schrecklich Kunde: »Einen großen Donner gab es, und die Erde war nicht mehr.«

5 Der große Blitz

Und einer sah alles an, musste zusehen, konnte nicht helfen, konnte ihnen nicht helfen, seinen Brüdern, den Menschen der Erde, begriff nicht, was er sah.

All dies schaute ich eben im blauen Planeten zum zweiten Mal, und mein zweites Ich sagte:

Ich war es, der dir den Schmerz ersparen wollte, den Schmerz, der mich durchzuckte, als meine Welt unterging. Nun kann ich's gestehen, da du es weißt, da du dich erinnerst hast an das, was du schon gesehen. Doch warum hast du, mein zweites Ich, dich daran erinnert, als du ihn, den blauen Planeten sahst? Er ist zwar blau, doch ist er nicht die Erde!

Ich aber kann nicht antworten. Tränen stehen noch in meinen Augen, Tränen des Schmerzes, Tränen der Freude über die, die es ertragen, die die

Stimme gehört, die sich gesagt: »Weiterleben wollen wir, weiterleben werden wir.«

Froh ist meine Seele, und ich rede nun zu mir und antworte meinem zweiten Ich:

Ist es nicht schön! Weit weg bin ich gewesen. Nichts wusste ich vom Untergang der Erde. Und doch sind einige, wie ich sie wollte, wie ich sie will.

Ist es nicht schön, Kinder zu haben!

Denn siehe, sie haben das getan, was ich dereinst gelehrt, sie haben zusammen dem Tod getrotzt, haben an das Leben gedacht.

Denn einst sagte ich: »Wie kann ich den Tod überwinden? Nun, durch Denken an das Leben in der letzten Sekunde.«

Siehe, es sind meine Kinder mir geboren!

Wir haben Kinder, Kinder, die uns erfreuen, sie haben getan, was ich einst dachte, sie haben den Tod überwunden wie wir, sie sind wie wir, sie leben weiter nach dem körperlichen Tode.

So erinnernd und redend gelangten wir, gelangte ich auf den blauen Planeten.

Und siehe, sie waren alle da, sie hatten mich gerufen, sie wollten ihren Vater, ihren Bruder, ihren Beschützer sehen, alle waren sie da.

Und glühend vor Liebe ertönt es aus mir: »Seid mir gegrüßt, meine Kinder, ihr seid mir nachgefolgt, darum lebt ihr!«

Und glühend, pulsierend, sich freuend über das neue Leben, antwortet es: »Ja, wir sind es, die den Tod besiegten, wir sind Leben, wir kommen von der Erde, gelb sind wir, blau-rot bist du. Komm, lass uns Buntes werden!« Also sprachen sie.

Die Tränen kommen mir vor Glück, und ich stammle nur noch: »Meine Kinder, meine Kinder, meine Kinder sind da, sie sind gekommen, um eins mit mir zu werden. Könnte er es doch noch erleben, er, der einst sprach: »Meine Kinder, meine Kinder sind nahe.«

Näher, immer näher kommt das gelbe Licht, kommt auf uns zu, auf mich zu, auf dich zu, die wir eins sind. Ein Blitz zuckt auf, ein Blitz, der das All erleuchtet, und wir, die wir drei waren: das rote, das blaue und das gelbe Licht, sind eins.

Doch noch fehlt ein Licht, noch fehlt das grüne Licht, auf dass wir vollkommen sind, vollkommen weiß.

Und mein zweites Ich, das spricht: »Ach, wie schön wär' es, wär' auch ich jünger, verjüngt durch das Grün, die Farbe meiner Brüder!«

Ich aber tanze, denn jung, viel jünger bin ich nun, der ich nun dreie bin. Weiter fliege ich durchs All, immer weiter. Auch alle anderen Menschen dort draußen sind nun gestorben, untergegangen, doch mehr bin ich nicht geworden.

Aufgegangen ist das Gelb im Rot, denn beides kam von einer Sonne. So sind wir wieder zwei, Orange und Blau, zwei Lebende, zwei Liebende, die doch eins sind. Denn überall ist das Leben noch nicht erloschen, noch gibt es viele Sonnen und Planeten, wo Leben in körperlicher Form ist, noch ist Kosmos das Pulsierende.

Weiter fliege ich durch den Kosmos, singe und springe, bin fröhlich und reime:

Leben bringt Liebe
Licht bringt Leben
Liebe bringt Frieden

Leben hat Sonne
Leben ist Licht
Leben bringt Liebe
Liebe bringt Frieden

Leben bringt Liebe
Leben hat Sonne
Leben ist Licht
Leben will leben
Leben will lieben
doch sterben will es nicht

Leben will leben
Leben bringt Licht
Leben muss sterben
weiter geht es nicht

Ja, dieser Satz durchzuckt meine Seele: »Leben muss sterben.«

Warum muss es denn sterben, warum soll ich denn sterben?

6 Vom Schwarzen Loch

Doch schon herrscht wieder froher Sinn, hab ich mich beruhigt: wie soll ich denn sterben? Unsterblich bin ich doch geworden. Energie bin ich, geistige pulsierende Energie. Was sollte mich denn töten? Nur vergrößern, verstärken kann mich die Gefahr. Ach, fern ist noch der Untergang, der Untergang des Alls, wenn alles Leben stirbt. Muss ich denn dann auch sterben? Oder müssen es nur die Körper, nicht die Seelen?

Ach, denken will ich nicht daran, lieber das Grüne suchen, das Grüne, das meiner zweiten Hälfte Jugend ist. So gleite ich durch den Raum, gleite, schwebe in Neues, nie Gesehenes, nie Gehörtes, nie Gefühltes, reime, tanze, singe, springe, erfreue mich der Heiterkeit.

Groß ist doch der Heimat Kreis,
klein ist doch des Wesens Geist.
Wesen bin ich einst gewesen,
Wesen bin ich auch noch heute.
Froh gelaunt kann ich nun springen,
springen durch die Dunkelheit,
höre hier die Glöckchen klingen,
Glöckchen aus der Jugendzeit.
Hell und klar sind alle Sterne,
schwarz und leer ist jedes Loch,
hüpfend hierhin aus der Ferne,
möcht ich gehen hinein doch.
Licht hinein, das will ich bringen,
und das Loch, das soll mir singen,
singen, tanzen und sich freun,
selig und nicht mehr allein.

Doch da plötzlich höre ich Schreie, Schreie aus der Dunkelheit, wundere mich und halte inne in dem Reim. Die Planeten um mir rasen in ein Loch hinein. Ach, wie groß ist doch der Schrecken, Schrecken der vielen Weselein.

Und noch mehr wundere ich mich, endlich den Reim abgeworfen von meiner Seele, denkend und fragend: Sieh nur, dieses Loch, dieses Schwarze Loch, sieh, wie gefräßig es ist!

Doch zu wem rufe ich! Alles Leben um mich herum schreit, schreit, als wäre die letzte Stunde, schreit, und kann nicht hören meine Stimme.

Und die Heiterkeit, die Ausgelassenheit verschwindet, macht der Angst Platz, der Angst um das Leben, um das Leben aller dieser Wesen, um das Leben aller dieser Planeten, Sonnen, Sterne, macht der Angst Platz um mein eigenes Leben.

Ist es nicht ein Zeichen, was ich hier sehe, ein Zeichen des kommenden Todes, des kommenden Untergangs?

Nie zuvor hab' ich solches gesehen. Warum, oh warum sehe ich es gerade jetzt?

Eben sagte es in mir noch: Leben muss sterben, weiter geht es nicht. War denn das das erste Zeichen, ist das hier denn schon das zweite? Wird es auch noch ein drittes geben?

Ein Wirbel wirft durch mich Planeten, zieht Materie an, und sie verschwindet in dem Nichts, das schwarz ist, schwarz wie die Nacht, schwarz wie die Krankheit. Doch mir kann es nichts anhaben, mich ergreift es nicht, für mich ist es keine Falle.

Aber was ist das? Sagte ich denn nicht eben noch: Für mich ist es keine Falle? Warum zieht es mich dann so hinein, hinein in das Zentrum des Ungewissen, der anderen Zeit, der Zeitlosigkeit, in der ich schon glaubte zu leben, in der ich aber doch nicht lebe.

Wie von einem Sog ergriffen, zieht es mich auch schon hinein, hinein in das Ungewisse, und ich muss erfahren: Vollkommen bin ich noch nicht, allein mir fehlt das grüne Licht.

Aber es ist kein Sog, nein, ich schwebe selbst, gehe selbst hinein in das Ungewisse, das Unvorstellbare. Und ich schmecke, fühle, taste, sehe überhaupt nichts mehr. Leer sind alle Gefühle, klein fühle ich mich, klein wie nie zuvor. Dunkel ist alles um mich herum, doch nein, nicht dunkel, hell ist alles hier, hier an diesem Ort, wohin alles kommt, wovon nichts mehr entweicht. Hell wie Tausende von Sonnen erstrahlt der Raum, der ach so klein. In allen Farben schimmert es, glänzt es aus Millionen kleiner Kugeln, Kugeln, die mal Sonnen waren, am großen Himmel strahlten, leuchtend in der dunklen Nacht.

Staunend stehe ich da und schaue, schaue wie noch nie geschaut, staune wie noch nie gestaunt, gehe weiter und betrachte diese Welt. Da sehe ich einen kleinen Planeten, der noch immer eine Sonne umkreist. Gelb ist er, gelb war seine alte Farbe.

Doch die Sonne, die ist blau, blau wie mein Zweites Ich. Und wie ich an mein Zweites Ich denke, fühle ich mich halb, halb, ohne den anderen Teil, und sehe das Blau, mein Zweites Ich, auf die Sonne zugehen, in ihr verschwinden, im Gelb des Planeten erscheinen. Auf dem gelben Planeten wird Bewegung, entsteht Leben, bewegt sich vieles Grünes. Viele grüne Punkte streben aufeinander zu, vereinigen sich, werden größer und entweichen ihrem Boden, ihrer Sonne, kommen auf mich zu. Und in dem Grünen leuchtet das Blaue, leuchtet mein Zweites Ich und spricht: »Erinnerst du dich, als du sagtest: ‚Meine Kinder, meine Kinder sind da, oh wie schön, sie sind da!' Siehe, auch ich fand meine Brüder und Schwestern, sieh das Grün, es ist das Grün meiner

Art. Auch sie sind mir gefolgt. Doch nie konnten sie mich finden, nie mich erreichen als Gefangene des Schwarzen Lochs.«

Schon fühlte ich mich größer, stärker als je zuvor. Denn du, meine Liebe, mein Leben, du, die du nun blaugrün bist, bist wieder bei mir, bist wieder ich. Doch wie gelangen wir nun hinaus, hinaus aus diesem Gefängnis, hinaus in den freien Raum, in unsere Heimat? Wurden wir nicht hineingezogen, von einem Unbekannten erfasst und gelenkt?

7 Die letzte Verwandlung

Ach, wie schön ist doch die Freiheit, wenn man tun kann, was man will! Ach, wie herrlich ist das All, die Ordnung und das Sternenmeer! Ach, wie köstlich diese schwarze Nacht, erleuchtet von dem Lichterglanz!

Plötzlich halte ich inne. Irgendetwas ist anders geworden. Aber was? Ich schaue mich um, sehe den Kosmos, die Schwärze mit ihrem Glanz. Da sagt es auch schon aus mir heraus: »Schau dich an, schau dich an, betrachte dich einmal! Fällt dir denn nichts an dir auf?«

Und ich schaue mich an, trete aus mir heraus, sehe mich vor mir stehen und glaube es nicht glaube zu träumen, weine vor Glück, vor Freude über dies, was ich da erblicke.

Bin denn das ich? Oder ist es ein Stern, ein Sternenmeer, das vor mir steht, hell und klar, von weißem Licht. Frische, Jugend strahlt es aus, dieses Feuer, diese Kraft, dieses Leben.

Verwandlung, die letzte Verwandlung hat stattgefunden. Nun fällt auch der letzte Schleier von meinem Gesicht, die letzte dunkle Wolke verschwindet, die allerletzte, die meinen Geist verwirrte. Nur Klarheit, Gewissheit herrschen nun über mich.

Ja, es war soweit, nur eins fehlte mir noch zur Vollkommenheit, nur eins bedurfte die Unvollkommenheit. Es hatte uns gerufen, wir hatten es gefunden, es, das Grüne war es, was wir noch brauchten, brauchten, um farblos zu werden. Alle Farben mussten es sein, alle Farben waren nötig, um das WEISS erstrahlen zu lassen. Weiß sind wir geworden, weiß und klar. Das Licht der Weisheit leuchtet nun in uns und ruft zu großen Taten, zu Taten, die Leben retten, die Leben gebären, die Leben sind.

8 Vom Schaffen

Wieder ist eine Zeit zu Ende, beginnt eine neue Zeit, eine neue Ära. Ach, dies ist das Paradies! Neuer Schaffensgeist, neues Schaffen, neue Liebe. Nichtstun, immer dasgleiche Tun, das ist die Hölle. Aber noch nie waren wir in der Hölle. Eine neue Zeit ist angebrochen, eine neue Zeit der Liebe.

Schon vergessen wir die alten Zeiten, denn jetzt ist nur ein weißes Licht. Kein blaues, rotes, gelbes, grünes Licht gibt es mehr.

Da, eine letzte Erinnerung an die alten Zeiten, die letzte Erinnerung: ... Reise, Geburt, Erde, All, Vereinigung, Kosmos, Verwandlung, Weißes Licht ... ja, weißes Licht, das ist Jetztzeit.

Weiß leuchten wir, heller als alle Sonnen, weiß! Weiß ist das Gedächtnis. Woran dachten wir eben? Was ist eben? Nein, wir wissen keine Antwort. Aber wir leben, wir sind Licht, weißes Licht.

Doch sind wir ein kleines wir im großen WIR, im großen WIR des Kosmos, und wir knien nieder, knien nieder und danken, danken dem Ganzen, dass wir ein Teil sein dürfen, dass wir anderen Teilen helfen dürfen, andere Teile beschützen dürfen, andere Teile schaffen dürfen.

Ja, Schaffen, die große Erlösung aus dem Sinnlosen, es ist die große Freude im Sinnvollen, das Sinnvolle, das Sinnvolles hervorbringt.

Schaffen möchten wir, erfahren möchten wir unsere Vollkommenheit.

Kommt, lasst uns fliegen irgendwohin, wo zu schaffen ist, wo geschaffen werden kann. Lasst uns etwas schaffen, lasst uns das Ganze vertreten, lasst uns Ganzes sein, lasst uns Gott sein!

Da, eine Klage, ein Schrei! Hoffend kommen wir herbei, leuchten, strahlen aus, geben uns dar, verschenken uns, verschenken unsere Fülle, teilen aus mit vollen Händen. Ruhig wird alles, ruhig und zufrieden.

Und wir strahlen Liebe aus: Lebend wird alles, liebend und glücklich.

Strahlen Geist aus: Fühlend wird alles, empfindend und fröhlich.

Strahlen Seele aus: Fühlend wird alles, erkennend den Zusammenhang, erfahrend den Kosmos.

Und strahlen Leben aus: Leben, das Wunderbare. Strahlen uns aus, denn wir sind Leben.

Da, eine Not, eine Gefahr. Helfend kommen wir herbei, leuchten, strahlen aus, geben uns dar, verschenken uns.

Das ist das zweithöchste Leben, das ist fast Gottsein, doch Gottsein ist mehr, Gottsein ist nicht nur lieben, Gottsein ist schaffen, eine neue Welt schaffen.

Und wir fliegen weiter, liebend, verschenkend, uns darbietend. Und hinter uns bleibt eine Spur, eine Spur durch das All, eine Spur, die zum Raum wird, ein Raum, der weiß, der fühlt, der denkt, der weiß, was Kosmos ist, was Leben ist, was Untergang ist.

9 Das Werk

So fliegen wir weiter, singen, sind fröhlich, freuen uns unseres Leuchtens, gelangen in einen Raum, der voller Staub, voller Teilchen, aber ohne Teile, ohne Galaxien, ohne Sonnen, ohne Planeten, ohne Monde.

Und es ergreift uns eine große Lust, die Lust, etwas zu tun, etwas Neues zu erleben, etwas zu schaffen. Wir halten inne in der Bewegung, stehen, bleiben an der Stelle, betrachten die Umwelt. Schaffensgeist ist in uns, aber was wollen wir schaffen? Ein Sonnensystem, eine neue Erde? Nein, wieder müssten wir von ihrem Untergang hören, wenn wir abwesend wären. Oder genügt unser Segen, um sie am Leben zu erhalten für alle Zeiten bis zum natürlichen Untergang?

Nicht wissend was, nicht wissend warum, fassen wir, ergreifen wir den Staub, werfen wir ihn hoch, lassen ihn durch uns hindurch rieseln, bringen ihn zum Glühen, und siehe da:

Einzeln, klein, verschwunden in der Größe des Raums, fliegend, umherirrend, nicht wissend wohin, woher, glühend, erstrahlend, verschmelzend, leuchtend, größer, immer größer werdend, werdend zu Licht. Ein Licht entsteht vor unseren Augen, ein weißes Licht, weiß, wie auch wir sind, ein Ebenbild von uns. Und es kniet nieder, verneigt sich, dankt einem Nirgendwo, verbeugt sich kurz vor uns, verschwindet im All, singt Frieden, Liebe verbreitend, ist Leben, bringt Leben.

Staunend stehen wir da, betrachten, was wir geschaffen, unser Ebenbild: das, was ein Gleiches ist, ein Gleichnis ist. Aber wollten wir es denn schaffen? Wussten wir denn, was wir schufen? Warum verneigte es sich vor dem Nirgendwo? Wer ist denn dieses Nirgendwo? Wie konnte all das geschehen, wo wir noch überlegten, was zu tun sei? Fragen über Fragen ergreifen uns, verwirren uns. Wieso verwirren sie uns? Sind wir denn nicht vollkommen? Sind wir denn nicht Gott?

- Gott, Gott, Gott -

Fort ist aller Sinn, alles Gerede, nur noch das Wort Gott erklingt aus uns, erklingt, lässt uns erstarren, beendet unser Denken, unser Sehen, unser Hören, unser Schmecken, unser Riechen.

Stille, unheimliche Stille tritt ein, Stille, die stiller ist als still. Nein, es ist nicht still, irgendwo singt es, irgendwer singt ein Lied. Von allen Seiten singt es. So fühlen wir, fühlen ohne Sinne, fühlen blind und taub, fühlen den Gesang, hören die Worte, hören ein Lachen, ein lustiges Lachen, ein Lachen, das sich lustig macht, und verstehen die Worte:

»Gott, Gott, glaubt ihr denn wirklich, das Ganze zu sein, ihr, die ihr ein winziger Teil in Allem, im All seid! Ihr, die ihr ein Etwas seid, ihr, ein Nichts! Was habt ihr denn eben geschaffen?

Nichts habt ihr geschaffen!

Das Irgendwo, das hat geschaffen, das hat euer Ebenbild geschaffen. Saht ihr denn nicht, wie es sich vor Ihm verneigte, seht ihr es denn nicht!?

Oh, ihr kleinen Zwerge, wie hochnäsig seid ihr doch! Nicht mehr lange sollt ihr so sein, nicht mehr lange sollt ihr sein!«

Langsam kommen wir wieder zu uns, fühlen unser Sinne wieder, denken wieder und erkennen: »Wir sind nicht Gott. Wie sollten wir es denn sein! Wir können nur bewahren, versuchen zu bewahren. Neues schaffen können wir nicht!

10 Die bunte Sonne

Da, was ist das?

Etwas Buntes sehen wir, in allen Farben schillert es, leuchtet es wie die Sonne. Überall gibt es Sonnen, blaue, grüne, gelbe, rote, in allen Farben leuchten sie. Doch nie sahen wir eine bunte Sonne, eine Sonne aus allen Farben zusammengesetzt. Was hat das zu bedeuten?

Ist nicht der Kosmos aus allen Farben?

Aber wir fliegen doch in ihm, kennen ihn. Warum müssen wir ihn denn hier erblicken? Ist es denn ein neuer Anfang, eine neue Zeit, die anbricht, ein Abschied von der alten Ära?

Immer näher kommen wir ihr, aus Kristallen scheint sie zu sein, aber kalte Kristalle sind es. Gibt es denn Sonnen, die frieren, die Eis sind? Sonnen sind doch Zeichen der Seele, der kosmischen Seele, des Pulsierens: Sonnen pulsieren, brennen doch, lieben, verschenken, strahlen Wärme aus.

Was ist das nur für eine Sonne, die keine Wärme liefert, die kalt ist, die uns frieren lässt? Sind wir nicht Energie, Wärme, Liebe?! Wie kann es uns frieren?

Aber was ist das? Schon wieder eine Kraft, eine unsichtbare Kraft zieht uns an, will uns haben für sich, zieht an und kommt aus der Sonne, die da Kälte strahlt, eisige Kälte?

Schon sind wir mitten in ihr, mitten im Bunten und schauen uns um:

Öde und leer ist alles, ruhig, still, einsam, ungastlich, unfreundlich, kalt und eisig.

Wir fühlen uns zerlegt, zerlegt in Teile, in Einzelheiten. Wir, die wir ein Ganzes sind, ein Glühendes, ein Starkes, werden Teile, werden schwach.

7

Der Untergang oder Der neue Anfang

Unbegreiflich ist das Unerfahrbare.

...*eeeeeeeeeeeeeeeeeeeeeeeeeeeee*...

»Wo ist der Anfang, wo das Ende dieser Schlangenlinie?«, so fragt sich das Menschlein - und das übrige Leben.

Das Lebewesen spricht: »Nein, ich will nicht sterben! Das Leben ist schön, wohlan noch einmal!

Doch von irgendwo sagt irgendwer: Es ist Zeit, du musst!!!

Ach, wie lange dauert doch der Aufbau, die Entstehung, die Entwicklung des Lebens. Und wie schnell kann alles zunichte gemacht sein!

Das ist die größte Gefahr für alle Wesen, die sich Lebende nennen.

Ewigkeiten dauerte es, bis der Mensch zum Menschen wurde. Jahre dauerte es, bis der Mensch vom Embryo zum Erwachsenen heranwuchs. Doch eine Kugel setzt dem Leben in einer Sekunde ein Ende.

Im Nichts wird Etwas sein,

das Alles wird werden

Ja, Teile werden wir. Wir gehen auseinander, wir werden wieder ich, du, sie und sie.

Die Erinnerung kommt zurück, sie kommt zurück und sagt: »Energie bin ich geworden, Leben, Liebe, Friede, Licht, Lebensenergie, Lebenslicht. Einsamkeit kenn` ich nicht, nur Zweisamkeit, Vielsamkeit,

Einheit. Streifend durch meine Heimat, singend und springend, fließend, lachend und tanzend, jubilierend und mich freuend, betört von dem süßlichen Nektar der kosmischen Energie, fern meiner Heimat, meiner alten Heimat, der Erde und der Sonne, und doch in ihr, der Heimat aller.

Schwebend, fließend singe ich, singen wir, jenseits von Gut und Böse, jenseits von Raum und Zeit und doch im Raum, doch gut: liebend, befriedend, leuchtend, glänzend vor Glück, voll des unermesslichen Glückes, voll Glück über die Ordnung, den Kosmos, die Heimat. Keine Zeit gibt es für dieses Glück, keine Zeit würde es geben, wenn es nicht zeitlos wäre.«

Und plötzlich ein Schrei.

Kommend aus der Zeit, erschrecken lässt er, Angst bringt er - Angst - Was ist das?

Erinnerung, kommend, gehend, kommend. Angst - das Wort, vor dem das Leben sich krümmt, bei dem es sich vernichtet. Angst, ungeheure Angst ergreift mich, ich fühle es, wir fühlen es.

Es ist das, worauf wir schon warteten, was wir aber nie wollten und doch erhofften:

Sterben - Tod - der Tod naht, er ist da, hier, überall, allgegenwärtig.

Und die Erinnerung kommt zurück.

Einst war es, als ich noch Mensch war, damals auf Erden, da schrieb ich es, da sah ich es, da wusste ich, dass die Zeit kommt. Da erlebte ich es schreibend:

Unter dem Donner der letzten Sonnen, die ihr Licht ausstrahlen, irgendwann wird die Menschheit aussterben, als Zeichen zum Beginn eines neuen Kosmos.

Ja, es ist soweit, endlich ist meine Zeit gekommen, unsere Zeit!

Wohin ich auch blicke, überall erstarrt das Leben und schreit, schreit um seinen Puls, der stockt, schreit, um ihn in Bewegung zu bringen. Doch er wird langsamer und langsamer, immer langsamer.

So ist es also, wenn alles stirbt, wenn alles zugrunde geht, sich zur Ruhe legt!, denke ich, denken wir und fühlen Schmerz, Schmerz und Leid alles Lebens, dem unsere Liebe gilt.

Ein Schmerz und ein Schreien, ein Schreien aus unzähligen Kehlen, ein Leuchten von unzähligen Sonnen. Rot erstrahlt das All, wie bei seiner Geburt. Blau wird es sein, ohne Farbe, ohne Licht.

Leiser wird der Schrei, röcheln kann es nur noch, nur röchelnd können wir hören, schwach wird uns, schwach, nach Luft ringen wir, obwohl wir keine brauchen, aber finden tun wir keine. Keiner wird welche finden, denn selbst die Luft sucht Luft.

Ein Donnern dröhnt an unser Ohr, es wächst, alles übertönt es. Nur ein Gesang ist in ihm noch nicht ertrunken, der Gesang, das Lied des Kosmos, eine letzte Anstrengung macht er, macht das Leben.

Lauter wird das Rauschen, immer lauter, klein und kleiner wird alles Leben, bis es verschwindet. Größer und größer wird es, bis es sich zerstreut, in alle Winde verweht. Nichts ist.

Ordnung gab es, Chaos gibt es nur noch, Leere, Leere, nichts als Leere. Ruhe, ruhig ist alles geworden, still, Grabesstille herrscht.

Weinen möchte ich, weinen tut meine Seele, weinen tut das All, alles weint.

Ist das das Ende, das endgültige Ende, die Sintflut, der Weltuntergang, das Jüngste Gericht, wie es die Menschen nannten???

Das sind meine letzten Gedanken, unsere letzten Gedanken, die Gedanken des letzten Stückchens Leben, der letzten Ordnung.

Da singt es in mir, glüht ein letztes Mal noch, ein letztes Zittern, Flackern durchströmt mich: als Zeichen zum Beginn eines neuen Kosmos, eines neuen Kosmos?

Ein neuer Kosmos! Wie schön wäre es doch, Tod für ein neues Leben zu sein, wie schön, das Sterben für das Leben!

Tränen, Tränen sind es, die vom Weinen bleiben, Tränen, sie bleiben, sie sterben nicht, sie tauchen unter im Chaos, sie gehen verloren in der Unendlichkeit.

Doch einst werden sie wieder zusammenfinden, werden gebären, werden Kosmos, werden Leben.

Ja, lange lebte ich, länger als je zuvor einer unter den Menschen und einer unter den Deinen, du, mein zweites Ich.

Sterben, sterben wollen wir!

Das sei unsere Erlösung, unsere Belohnung, unser Verdienst, unser Lohn!

Leben ohne Leben, das wäre kein Leben!

Sterben, sterben, ach sterben! Wie schön das sein kann, wie schön es ist!

Komm, umfassen wir uns, schreiten wir gemeinsam hinein in den Tod, in das Ende, auf dass es ein neuer Anfang werde, ein neues Leben.

Komm, lass uns sterben, uns sterben, sterb..., ste...

Nachwort

Vom Pulsieren

Ein neues Leben, ein neuer Anfang wird kommen. Das ist die ewige Wiederkehr! Nicht die Wiederkehr des ewig Gleichen ist sie, die Wiederkehr des Lebens ist sie.

Leben, das Pulsierende, ewig pulsiert es. Nicht nur selbst ist es ein Pulsieren, auch in Geburt und Tod pulsiert es: Es wird geboren, lebt, stirbt. Chaos herrscht dann.

Aber irgendwann kommt es wieder, wird wieder geboren, ein neuer Kosmos entsteht.

Nicht nur ein Pulsieren des Kosmos, des Lebens in sich gibt es, auch Kosmos und Chaos wechseln einander ab, pulsieren: Ausdehnung und Zusammenziehen, Entstehen und Untergehen wechseln miteinander ab. Alles pulsiert: das Leben, Leben und Tod, Kosmos und Chaos.

Chaos   Kosmos Chaos Kosmos   Chaos Kosmos

_____*eeeee*_____*eeeee*_____*eeeee*__

Tod   Leben   Tod   Leben   Tod   Leben

Kleiner Scherz zum Schluss

(denn Lachen ist ein Sinn des Lebens)

Dieses ist nicht die letzte Seite, wenn auch das letzte Blatt. Aber jedes Blatt hat eine Rückseite!

Ein neuer Anfang wird kommen, neues Leben wird entstehen, einen neuen Kosmos wird es geben, überall pulsiert es.

Auch die Menschen unserer Zeit, unseres Kosmos sind diesem Pulsieren unterworfen: Eine neue Gesellschaft, eine neue Moral wird entstehen, sterben muss die alte Moral, die alte Gesellschaft, sonst wird die ganze Menschheit sterben, zu früh, viel zu früh sterben.

Doch leben will die Menschheit, also wird die alte Moral, die alte Gesellschaft sterben.

Also erfinde der Mensch sich eine neue Moral, eine Moral, die den Menschen angepasst ist, nicht eine, der sich der Mensch anpassen muss, wie die jetzige eine ist.

Ende von Teil 2

Sehnendes Schweben im Farbenmeer

Weitere Bücher von Rainar Nitzsche

GOTT

Gott und die Großen - Kleinen Götter. Gedanken und Gedichte. 84 Seiten mit farbiger Fotokunst, ISBN 9783749470648 und als E-Book erhältlich.

Gott als Weltenschöpfer, seine Existenz in den Kosmen, sein Wirken als Weltenvernichter und seine Engel. Pantheismus. Wir dort oben, außerhalb und doch lebendig in allen Welten, einer von ihnen geboren als Mensch. Die Kreativen unter uns, in deren Welten Wesen leben, die ihre Geschöpfe, ihre Kinder sind. Sie sind es, die hier unten Gott spielen und ihre / unsere Welt für die einzig wahre Realität halten.

Lyrik

Ewig sein in Stille. Meditative Lyrik. Rainar Nitzsche / Berthold Mallmann, Original mit 122 Seiten, 21 Grafiken, nummeriert, handsigniert, limitiert sowie Neuauflage als Taschenbuch und E-Book.

Klang über den Meeren der Zeit. Harald Fuchs / Rainar Nitzsche. 72 Seiten mit 31 Grafiken, nummeriert, handsigniert, limitiert sowie Neuauflage als Taschenbuch und E-Book.

OM oder Das Rauschen der scheinbaren Leere. Meditative Lyrik. 80 Seiten, nummeriert, handsigniert, limitiert sowie Neuauflage als Taschenbuch und E-Book.

wir ... menschen der erde. Natur, Untergang, Hoffnung, Neuanfang, Aufbruch ins All. 72 Seiten sowie Neuauflage als Taschenbuch und E-Book.

Die Zeit der Bäume. Rainar Nitzsche / Harald Fuchs, 60 Seiten mit 23 Grafiken, nummeriert, handsigniert, limitiert sowie Neuauflage als Taschenbuch und E-Book.

Fantastik

Weitere Buchtitel von Rainar Nitzsche (auch unter dem Pseudonym Olaf Olsen) zählen zur Fantastik: Kürzestgeschichten und die vier PFAD-Romane:

ATON Vater Sonn. Taggeschichten.

Die Mondintrilogie (Nachtgeschichten): *Ruf der Mondin. Im Licht der Vollen Mondin. Mondin-Schein und Sein.*

Das Schlafende steht auf aus Seinen Träumen. Fantastische Kurzprosa.

Spiegelwelten deiner Seele. Spiegelgeschichten.

Still riefen uns die Sterne. Kosmische Geschichten.

Spinnentraumgespinste. Spinnenträume und Spinnenbegegnungen.

Von Engeln, Erleuchtung und Ewigkeit. Meditative Kurzprosa.

Olaf Olsen

Die Meere des Wahnsinns. Wenn sich die Grenzen verschieben.

Höllen-Fahrten-Leben-Träume. Alltäglicher und wahrer Horror auf Erden und andernorts.

ES bricht hervor aus dir. Horrorgeschichten und -gedichte. Das dritte Buch vom „Irren" aus der P(f)alz.

Die Pfadwelten

Die fantastische Reise von Manfred, einem Magier mit der Fähigkeit sich in andere Lebewesen zu verwandeln, durch die Bioregionen der Erde: Suche nach seiner großen Liebe. Kampf mit einem schwarzen Wesen aus der Welt T- Her: *Der Leuchtende Pfad des Magiers.* PFAD 1, *Wandlungen der Drei.* PFAD 2. *Wüsten-Berges-Himmels-Weiten.* PFAD 3. *Ins All - Im Eins.* PFAD 4. *Der Schneckenkönig* von Alexa E. Bach. Leben eines PFAD-Wesens.

Sowie Fotokunstbücher mit Tex, Spinnensachbücher.